雲起滄江 茶出邦東

甲辰仲春 李師程 題

王淼 ◎ 著

中国林业出版社

图书在版编目（CIP）数据

云起沧江，茶出邦东 / 王淼著. -- 北京：中国林业出版社，2024.7. -- ISBN 978-7-5219-2767-2

Ⅰ．TS971.21

中国国家版本馆CIP数据核字第2024NR8966号

顾问：杨光云　陶国相
作者：王　淼
特约审稿：王国松　周国伟　谭　勇
特约编辑、排版设计：黄素贞
摄影：王　淼　黄素贞　朱　力

策划、责任编辑：杜　娟　陈　慧　马吉萍

出版发行：中国林业出版社
（100009，北京市西城区刘海胡同7号，电话83223120）
电子邮箱：cfphzbs@163.com
网址：https://www.cfph.net
印刷：河北京平诚乾印刷有限公司
版次：2024年7月第1版
印次：2024年7月第1次印刷
开本：710mm×1000mm　1/16
印张：17
字数：300千字
定价：98.00元

序一

诗人徐志摩说:"世界上的天堂在中国,中国的天堂在云南。"云南是一块被大自然眷顾的土地。距今约1.8亿年前的三叠纪时期,云南就露出海面形成陆地,云南处于热带、亚热带温润气候已经有2500万年。这里是被子植物和古热带植物生存繁衍的天堂,大部分植物原种保留完好,躲过了第四纪大冰期的冰封。在云南的原始森林里,至今还生长着许多第二纪子遗的被誉为"活化石"的古生植物。云南有19000多种高等植物品种,占全国高等植物的一半以上。

于茶而言,云南生长着世界上最多的茶树近缘植物,云南是世界茶树起源中心,早已为世界植物学界公认。在广袤的原始森林里,不仅生长着野生型古茶树,还有过渡型和栽培型,这里有世界上基因最古老的茶树品种。因此我们自豪地向全世界宣称——中国是茶的故乡、云南是茶的原生地。

云南的澜沧江两岸孕育了多元化的少数民族文化,与茶相伴的傣族、拉祜族、佤族等少数民族在这里世居繁衍,形成独特的茶树种植、养护管理及茶叶品饮习俗。"头顶大雪山,脚踩澜沧江"的邦东是云南的一片神奇秘境。《云起沧江,茶出邦东》一书,以茶为核心,深度剖析了邦东这一地理与人文交织的神奇之地,对邦东茶文化进行了全方位、深层次的梳理与解读。书中不仅详尽阐述了邦东悠久的茶文化历史、得天独厚的生态环境、精湛独特的制茶工艺，还深刻挖掘了其背后的人文内涵与民族情感。通过大量第一手资料的呈现与细致入微的田野考察记录，成功揭示了邦东茶文化多维度、立体化的真实面貌，既是对邦东一地茶文化的深度挖掘，也是对云南乃至更广泛区域民族茶文化多样性的精彩展现与深刻致敬。

《云起沧江，茶出邦东》是一本可读性非常高的茶书，通过阐述邦东茶山的自然和人文，打开了一处神奇秘境的窗口，让人们了解云南、了解云南茶；对邦东茶文化历史的追溯，展现了云南澜沧江流域作为世界茶树起源地的深厚底蕴。作者通过对茶树种植历史的考察，结合考古发现和文献记录，揭示了邦东茶叶从野生状态到驯化种植，乃至成为贸易商品的演变过程；特别是对茶马古道这一重要历史文化现象的探讨，不仅为我们呈现了邦东茶叶走向外部世界的历史轨迹，更深刻地反映了茶文化在促进地区经济发展和文化交流中的重要作用。

茶是人类几千年喝下来既健康，又没有毒副作用的健康饮料。作者王淼是一位年轻的"老茶人"，对茶的爱让其身体力行常年在云南茶区"深耕"。《云起沧江，茶出邦东》站在科学的角度对邦东独特的自然环境及其对茶树生长的影响进行详尽的分析，解析澜沧江河谷特有的气候条件、土壤类型以及生态系统对茶叶品质形成的作用，强调了地理标志保护产品的自然属性和文化价值。这部分内容不仅为茶学研究提供了宝贵的实证资料，也为茶农提供了科学种植和可持续发展的参考。书中尽显秘境风情，从字里行间可以感受到作者对茶的爱、对云南的爱、对邦东的爱，读之令人如沐春风。

难能可贵的是,《云起沧江,茶出邦东》还是一本非常有温度的书。通过对邦东当地茶农、茶商、茶客等不同角色的深度访谈,记录下一个个生动、温暖的故事,不仅赋予邦东茶文化鲜活的生命力,也反映了当代社会中人们对区域性本土文化的坚守与创新、传承与保护。读时宛如饮一杯上好的普洱茶,醇美甘甜。

作者作为云南省民族茶文化研究会的副会长,其作品《云起沧江,茶出邦东》也是茶学研究者、民族文化爱好者之间交流和参考的书籍。本书通过对邦东独特自然条件的科学分析和对传统茶园生态保护实践的记录,展现了云南民族茶文化的生态学价值,为推动茶文化可持续发展和生态文明建设提供了有益的借鉴。我们对作者写作所付出的辛勤努力表示由衷的敬意,并期待本书能激发更多学者和爱好者对云南民族茶文化的关注和研究,共同推动中国民族茶文化的传承与发展。

陈正荣 云南省民族茶文化研究会执行会长

序二

应王淼邀请,为她的书《云起沧江,茶出邦东》写个序。我生长在勐海,读的是茶学专业,本科毕业论文还是在临沧茶区做的。目前,我从事中国古茶树资源保护与可持续利用研究和教学工作,近年出版有《澜沧江孕育茶文明》等书。作为一名有专业背景的老茶人,我希望有更多的年轻人热爱茶、研习茶,总是鼓励他们努力深入做一个小领域研究,以期取得成就。我特别欣赏王淼为写好这本关于邦东的茶书,一次次踏勘茶山、走访茶村寨,深入采访耕耘在邦东的茶农、制茶人的精神和行动力。

邦东茶,是散落在澜沧江流域内的珍珠,是银河中璀璨的星斗。读完《云起沧江,茶出邦东》我甚是欣慰,通过流畅、温婉、细腻的文字和图片,她将茶山最美的片段展示给世人,也将温暖的正能量传递给了读者。在这本书里,我不仅看到了邦东茶沿一条蜿蜒小路从过去走进现在,走向未来,还看到了我特别关注的古茶树群落正焕发出无限生机。

蓝增全 西南林业大学古茶树研究中心教授
古茶树保护与可持续利用国家创新联盟秘书长
云南省农业现代化重点(茶叶)产业专家组成员

序三

澜沧江上的风有时浩瀚

2003年春天的一个傍晚，昔归寨子前几丛古茶树枝条舒展，稍显细长的新叶青绿柔软。透过枝叶，碧绿的澜沧江水面开始笼起乳白的雾气。空气中有湿润的甜香，让我的思绪又回到刚才在寨子喝的茶汤里。这是我对邦东茶最初的深刻记忆。当然，我还记得那日离开寨子坐着村里小伙的摩托车飞驰在树林山路的情景。

后来，和王淼吃茶，我们从茶饼上撬下一泡当年的邦东茶，一层层唤醒它细节丰富的内里，含汤，鼓漱其间，感叹其内质愈加丰厚。云南茶山茶树资源体系庞大，一山一味，还不能尽数概括。有的茶惊艳如少艾之美，面目清晰，香与韵平衡得恰到好处；有的茶却耐不住后期转化的消磨，一些物质在时光的消磨中变平淡了。所幸，邦东茶还能够让我们见证一个茶在20年时光里越转越好。

在邦东茶开始逐渐被重视的时候，这个区域的茶树品种、土壤构成、每年的降水以及茶农的养护、采摘习惯早已在不自知中形成了独特的风格，我们习惯称之为风土。原生的优势基因强大，而风土之形成，又需要人文赋能，或是更科学的手段参与。于是，我们看见有人走进邦东，从长时间的观察者到慢慢被渗透成为新的居民，因为茶、因为咖啡或其他。这无一不是现代人归真的精神返乡方式。只不过这种方式，不仅是得到，也是认知内在品质之后的不断付出。所以，当听王淼描绘着开始在邦东新建厂房，直到终于建成后她看见窗外翻滚的云海，云海下有那些默默生长的宝藏茶树。这是一个理想落地的过程。

走过邦东夹杂着坚硬石头的泥土，石头上闪烁着细碎的云母光亮。在土地上反复思考后成熟的工艺，在时间中比对构想和现实的毫厘，沸水落下，茶汤中饱含希望。这是更多的人共同之希望了，一个时代，一份可以期待的事业，可能是我们与土地的契约，它提供了太多的情绪价值。未来，将以醇厚不乏甘甜的茶汤作为回报。阅读书中的文字，更多的可能性已经在邦东生长，普洱茶、白茶甚至唐饼，在国松、王淼和伙伴们的手中从构想成为可触摸、可品鉴的现实，风土的意义可以随风播撒到更远之地。

澜沧江上的风有时浩瀚，有时和煦。我们书写的同时，茶叶和文字一样逐日生长，茶叶铭刻在人的味觉、嗅觉和体感的记忆里；文字会刻进更久远的媒介里，会因为与他人的际会而产生更多可发酵的后续。这是我们与茶的遇见所能够采取的最好敬意，茶在历史中开枝散叶，泛如雪浪。

王迎新 一水间人文茶道传习馆创始人
作家、茶文化学者

前言

深入风土，情书于茶

在普洱茶广袤的世界里，邦东这个名字对外界而言，充满了神秘和未知；但对于以茶为伴的人来说，邦东是和勐库齐名的临沧两大茶叶主产区之一，它们所孕育的冰岛和昔归共同构成了临沧茶区最为精华的部分，承载着普洱茶滋味的丰富和历史文化的深厚。在这片云雾缭绕、群山怀抱、河流歌唱的土地上，茶就像一道隐秘之门，吸引着我踏上这场通往邦东的时光之旅。而《云起沧江，茶出邦东》则像一部手册，深入风土，记录下我的所见所闻所感；也像一封情书，是我向邦东这片土地和它所孕育出的茶及一切的表白。

茶，这种自古以来就与人类生活紧密相联的植物，在历史的长河中，以其宏大的叙事影响着世界；在人文的角度，以其细腻的笔触描绘着文化的绮思。在邦东，茶不仅仅是一种饮品，它更是这片土地上绿色的生命。当我追寻着茶深入邦东探寻本源之时，这本书就应运而生，它缘起于我对邦东这片土的热爱。在筹备这本书的过程中，我深深地被邦东的自然风光所吸引：澜沧江的水雾、大雪山的云海、泠然的飞瀑、绚烂的山花，还有那些漫山遍野的青翠茶树……每一处景观都仿佛在诉说着一个古老的故事。我想通过我的眼睛、我的心、我的笔，去诠释邦东的山、邦东的水、邦东的云雾，以及它们如何共同孕育出独一无二的茶。

从昔归古茶园的洒脱恣意到那罕古茶园的小而美，再到曼岗古茶园的石茶共生，每一个地方都有它独特的风土人情和茶文化。在探访过程中，我遇见了无数辛勤的茶农，他们与茶树共舞，他们用汗水和智慧续写着茶的传奇；我亲身体验了茶叶从采摘到加工的每一个环节，感受到了茶农那份对自然和土地深深的敬意和爱。我希望能够将邦东茶区的人文风光、历史沉淀、地理特色、风土人情及其珍贵的古茶园情况，借由茶这条线索来串联，传达给每一位读者，呈现出一个既真实又富有诗意的邦东茶区，带领读者亲身步入那片古老的土地，一同去感受那里的山水风貌，了解那里的民俗生活，品味那里的醇厚茶韵。

结笔成书，心中感慨。感谢这个过程中给予我帮助的师友，也感谢一路并肩同行的伙伴。茶路漫漫以文字为桥，借由茶的叙事跨越时空、回溯自然、连接人心，也为这片土地和这里的人们贡献一点力量，留下一些纪念。事物会随着时间的流逝逐渐变化，但文字可以长存，时空交叠处，我们在茶的故事中找到彼此。当你阅读这本书时，我们就开始携手踏上这趟邦东茶旅，一起去探索那些被时间雕琢的古老茶园，体验与光同尘、与时舒卷的生活态度；深入风土，去感受那份扎根于泥土大地、升腾于山川云雾之间的深情赞歌。

目录

序一 1

序二 4

序三 5

前言 7

第一章 云起沧江，茶出邦东 / 1

第一节 头顶大雪山，脚踏澜沧江 / 2

第二节 邦东溯茶源，千年种植史 / 8

第三节 嘎里古渡，茶马古道上的水路要塞 / 14

第四节 云海之间，邦东大叶茶恣意生长的乐土 / 20

第二章 邦东三杰，茶源地理 / 31

第一节 昔归：云茶奇葩，低海拔之王 / 32

第二节 那罕：官家茶的小而美 / 46

第三节 曼岗：岩韵花香，石生好茶 / 54

第三章 邦东茶事，一山一韵 / 63

第一节　昔归成名记 / 64

第二节　云南石生茶，曼岗大 IP / 83

第三节　昔归之顶，邦东之巅 / 90

第四节　早咖晚茶，世界大同 / 114

第五节　云上森然，大雪山上的诗意栖息 / 132

第四章 茶韵邦东，云上生活 / 141

第一节　昔归团茶，普洱茶最早的紧压形态 / 142

第二节　和平茶所，邂逅半个多世纪的红茶往事 / 150

第三节　复刻唐茶，探索邦东茶的无限可能 / 160

第四节　邦东白茶，道法自然 / 168

第五章 邦东茶旅，寻味之路 / 179

第一节　茶山那么美，请你来走走 / 180

第二节　邦东茶旅路线一 / 190

　　　　邦东大雪山

第三节　邦东茶旅路线二 / 202

　　　　昆明—碧溪古镇—邦东昔归—嘎里古渡

第四节　邦东茶旅路线三 / 214

　　　　邦东—白莺山—百里长湖

第五节　邦东茶旅路线四 / 224

　　　　邦东—鲁史古镇—古墨村

第六节　邦东茶旅路线五 / 238

　　　　邦东—博尚—振太（紫马街）

第一章

云起沧江
茶出邦东

邦东大雪山下日夜奔腾的澜沧江，是一条孕育了茶树、飘满了茶香的河流。从青藏高原奔流而下的澜沧江水与云南大地交融后，在中下游区域孕育出了与可可、咖啡并列的世界三大无酒精饮料之一的茶。

第一节

头顶大雪山,脚踏澜沧江

云南省临沧市临翔区邦东乡(乡政府所在地:东经100°21′,北纬23°56′)曾是一块隐秘的土地。它因地缘的封闭而神秘,因历史的忽略而珍奇,现在则因古茶树的富集和茶叶品质的优异,在刚揭开神秘面纱的那一刻,就深深吸引住茶人们觅香而来的深邃目光。这块神奇的隐秘之地,是傣族、彝族、拉祜族、白族、佤族等15个少数民族生活、聚居的乐土,创造、汇集和保留着古滇濮文化、百越文化、氐羌文化等多种文化基因,多元文化在此碰撞、交融后勃发出新的生机。

行走在邦东的茶山村寨,我们不得不感慨造物主对这片土地的厚爱。从东北方的曼岗片区,到西南方的璋珍片区,全乡194平方公

邦东云海。

里的总面积几乎都是茶的王国。那些野生的或是人工栽培的古茶树，葱茏苍翠、生机勃勃地生长在邦东的每个村寨，让人叹为观止。

阳刚强劲中带有几分温柔的昔归茶，以"岩韵花香"著称的曼岗茶，被认定为云南省茶树良种的邦东黑大叶茶……当茶这一神奇的东方树叶，在邦东的雄山奇水间繁衍生息了无尽岁月之后，就像漂浮在澜沧江上空的云海一样，于云开雾散时给我们呈现出了别样惊奇。"头顶大雪山，脚踏澜沧江"，人们常用这句话来形容邦东茶区，带有几分江湖豪气，细思下来却也是邦东茶区的真实写照。

邦东乡西靠邦东大雪山，朝东面向澜沧江。在邦东大雪山东坡与澜沧江之间，邦东、曼岗、邦包、卫平、和平、璋珍、团山7个村如棋子般依次排列。名气足可以与老班章、冰岛相媲美的昔归古茶园，就隶属于邦东村。

躺在大雪山与澜沧江的怀抱里，邦东是幸运的。从邦东大雪山主峰之巅的海拔 3429.6 米，到海拔约 730 米的忙麓山山脚下的嘎里古渡口，高差达 2700 米以上。较大的海拔高差，加上河谷纵横、河流切割，使得邦东大雪山东坡地形破碎、滚石林立、万石穿空，形成了"乳石飞走、茶生其间"的独特地貌，奠定了邦东成为优质普洱茶产区的风土基础。

邦东大雪山是澜沧江中下游最后一座低纬度雪山，为横断山脉怒山山系碧罗雪山支脉向南延伸。大雪山属峡谷纵横的自然地貌，林深

邦东风光。

树密，蓄水能力强，加之雨量充沛，成为临沧市众多河流的发源地。据统计，约有 17 条从大雪山向东、西两个方向流出的河流。单是在邦东乡境内，就有璋珍河、大忙朗河、那亢河等 3 条河流由大雪山潺潺流下，汇入澜沧江。山上咫尺之间的两汪水，最终却各奔东西地流入澜沧江、怒江两大水系后又分别奔向了太平洋和印度洋。

　　复杂的地形地貌，典型的高山立体性气候，丰富的水资源，让邦东大雪山成了生物多样性的宝库。邦东大雪山的省级自然保护区内至今还完好地保存着众多远古以来的植被，因此享有"滇西南绿珠"的美誉，并孕育出了红花油茶、红山茶、小红花茶、小白花油茶、大树茶、香果叶茶、牛皮茶、小山茶、老苦茶等多个野生茶树品种。

　　邦东大雪山脚下日夜奔腾的澜沧江，是一条孕育了茶树、飘满了茶香的河流。从青藏高原奔流而下的澜沧江水与云南大地交融后，在中下游区域孕育出了与可可、咖啡并列的世界三大无酒精饮料之一的茶。数百万年前，大自然的神奇之手让茶树在澜沧江中下游两岸茁壮成长。数千年前，生活在澜沧江中下游的古濮人发现并利用野生茶，尔后开始驯化、种植这些茶树……从此，茶香开始在澜沧江两岸延绵数百公里[①]的山谷间飘荡。

　　这条河流两岸的莽莽群山间，不但恣意生长着数百万亩有着成百上千年树龄的栽培型古茶树和野生型古茶树群落，还保留着茶类植物垂直演变的完整链条。如今，古濮人的后裔们依旧过着与茶息息相关的日子，普洱茶也俨然成了最响亮的云南符号。也因此，澜沧江被看作茶的母亲河，而云南澜沧江中下游流域则是公认的世界茶树原产地。

----

① 1 公里 =1 千米。

云起澜沧江，茶出邦东

邦东云海。

结合云南的地质史，或许我们可以这样想象：在地球的中生代侏罗纪，云南高原已是一块露出海平面的陆地，毗邻暖暖的海洋，地貌起伏并不大。那时，这块土地上到处长满了蕨类植物和裸子植物，被子植物还没在此出现。新生代第三纪，许多被子植物开始在这里生发、演化，出现了花果的同时，许多山茶科近缘植物也开始在这里繁衍生长，为茶树物种的孕育形成创造了条件。

但到了6500万年前的早第三纪，随着波澜壮阔的喜马拉雅造山运动，青藏高原逐渐隆起，横断山脉也在这一地质过程中逐渐形成。横断山脉是中国最典型的南北走向的最长、最宽的山系群体，而且是唯一兼具太平洋和印度洋水系的地区。昔日几乎一马平川的云南大地，由此隆起成为山河纵横交错的高原。

距今258万年前的新生代第四纪，地球史上距今最近的一次大冰川期来临，北半球经历了四次主要的冰川侵袭，中纬度地区许多喜温喜热的植物遭到破坏。云南南部、西南部由于地理位置的缘故，幸运地躲过了冰川侵袭的浩劫，保留下许多新生代第三纪遗存的物种，如滇南木莲、山茶属植物（包括后来的茶树）、桫椤、鸡毛松、苏铁、水青树、滇桐、伯乐树等。由于未受到第四纪多期毁灭性冰川活动的袭击，山茶属植物得以在这片土地上继续滋生、繁盛起来。经过漫长的历史时光，茶树从较原始的山茶属植物中经过自然选择和演化，最终在澜沧江沿岸的大地上得以生存、发展，并不断向外传播。

有"天下茶仓"之称的临沧，因毗邻澜沧江而得名，是世界茶树和茶文化起源的中心之一，是普洱茶的原产地和世界的"滇红之乡"。而躺在大雪山与澜沧江怀抱里的隐秘之地——邦东，幸运地参与了茶树在澜沧江中下游两岸繁衍生息的整个过程，珍藏着茶树起源和演化的密码。或许，在这本书中我们无法将这些密码一一破解，但可以记录下在这个历史片段中，关于邦东，最有温度的故事。

第二节

邦东湖茶源，千年种植史

"故乡是一种辽阔的东西，故乡是世界的精华。某个民族创造了某种生活方式，精华总是流传到其他民族中，创造者容易不识庐山真面目，局外人却意识到它的价值，为我所用。世界是一个文明的故乡，文明总是将故乡的精华保存下来，在一些人的故乡被抛弃的东西，在另一些人的故乡却敝帚自珍。"这是云南著名诗人、文学家于坚在澜沧江这条雄伟的河流边上行走之后，于《众神之河》一书中写下的一段话。

我们无意猜想于坚是否来过邦东，是否喝过一壶充满岩韵的石生茶，是否品过一泡令茶界惊艳的昔归茶。但毫无疑问的是，茶是邦东献给世界文明的礼物，它在自己的故乡从来没有被抛弃，并在另一些人的故乡成为人们争相品饮的佳茗。

澜沧江中下游地区不仅是世界茶树的核心原产地,也是茶文化的发祥地。陈兴琰主编的《茶树原产地——云南》中写道:"西汉时,蒲(濮)满族人在茶叶大发季节,清明节前后,常到大森林中采摘野生茶制作祭神、祭祖的贡茶。随着茶叶从药用发展到饮用,需要量增大,为便于看护和采摘,人们将野生茶树幼苗或成熟的茶果取回种植于房前屋后及田边地埂,到三国时代茶树已逐渐扩展到山上大面积成片种植成茶山。"蒲满族人就是今天生活在澜沧江中下游的佤族、布朗族、德昂族等民族的祖先,也就是今天我们常说的"濮人",他们被认为是世界上最早利用茶、驯化茶、种植茶的族群。

在人类驯化并种植茶树之前,早就有大量野生茶种资源出现在

昔归茶博馆门前的马帮雕塑。

这片土地上，现在邦东大雪山上仍保存有成林成片的野生型古茶树群落。也因此，尽管邦东地处偏僻，但种茶的历史却很久远。其中最关键的因素是很久以前就有人类在这里活动，他们中包括云南种茶的先民——濮人。

彝族、傣族、拉祜族、佤族、布朗族、白族等8个少数民族，在邦东繁衍生息数百年间。目前虽然没有详细的史料表明这些少数民族在这块隐秘的土地上生活的确切时间，但可以确定的是，他们的生活一直与茶发生着紧密的关联。

邦东乡有着悠久的人文历史，迄今已在老邦东街、昔归两个地方，考古发现了早期人类生活留存下来的痕迹。在老邦东街营盘山考古发现的新石器遗址，出土了石斧、石锤等石器，以及陶片、炭屑等器物。

昔归新石器遗址位于忙麓山古茶园附近。1974年的考古表明，在昔归新石器遗址，距今4000~5000年前就有人类活动。2008年12月至2009年3月，由云南省文物考古研究所、临沧市文物管理所、临翔区文物管理所组成的联合考古队，对该遗址进行了大规模发掘。出土文物丰富，包括砍砸器、刮削器、石锛、石斧等500多件石器，以及炭屑、黑陶片等。遗址文化堆积厚度达1.52米，面积达1万平方米。

邦东村、昔归村这两处考古发现的早期人类生活遗址，无不证明早在新石器时期，邦东就留下了远古先民的山水情怀和生存智慧，是澜沧江文化的重要组成部分。根据考古发现，一般认为留下这两处新石器时代遗址的先民，可能过着一种炎炎夏日在山上生活，寒冷冬天在河谷地带居住的半定居、半农牧、半渔猎的生活方式，是临翔区最早的人类氐羌系、百濮系、百越系先民。从这样的角度推断，2000多年前生活在邦东一带的人类先祖，就已学会了利用茶、驯化茶、种植茶。

邦东老街上现存的一段茶马古道。

自古以来，茶就是邦东的优势经济作物，是当地民众换取生活物资的依赖。如果说刚开始的时候，邦东的先民们种植茶还只是自给自足，满足自己的日常饮用需求，那么当邦东汇入茶马古道这一古代最为庞杂的交通网络后，茶给邦东人带来的就是看得见的经济收入，以及一份富足的生活。

清雍正年间，邦东茶叶种植迎来了相对集中的发展时期。当时，由邦东、马台一带的商人从景谷、思茅引进茶种，开始在邦东有规模地进行茶叶种植。清宣统元年（1909年），缅宁通判房景东大力倡导茶叶种植，并从勐库购买茶籽数百斤[①]分发到各乡栽种，当时成活的就多达数十万株。

---

① 1斤=500克，本文所述茶叶价格均为干毛茶价。

云起澜江，茶出邦东

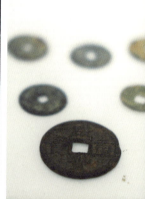

昔归茶博馆里展示的邦东乡不同时期的出土文物。

民国初期，实业局长邱裕文再次倡导推广茶叶种植，全县各区乡均积极响应，种植茶叶的农户多达六七千户，邦东乡以忙麓、昔归尤为突出。《缅宁县志》记载："几年以来，全县成活茶树已千万株，可采收茶九千驮或万余驮，除县饮料外，为出口大宗。"当时缅宁的茶叶销往国内云南（保山、大理、昆明）、西藏及国外的缅甸等地，尤其是进藏的最多，茶运频繁，每次驮运千余驮。《缅宁县志》记载："茶叶行经云县、蒙化至下关、西藏。茶叶市场以县城江西会馆门前广场为最大，三月春茶上市，万商云集，人山人海，万头攒动，摩肩接踵，市场极为繁荣。"

这3次大规模的茶叶种植推广行动，为邦东乡茶产业发展打下了坚实的基础，也最终成就了被称为"邦东三杰"的昔归、曼岗、那罕等知名茶山村寨。

如果说曼岗、那罕等是新晋的名山头，那么昔归，称得上是山头茶的鼻祖。甚至在老班章、冰岛、景迈山等山头都还籍籍无名之际，昔归就因优异的茶叶品质而被载入史书。《缅宁县志》说："邦东乡则蛮鹿、锡规尤特著，蛮鹿茶色味之佳，超过其他产茶区。"志书中所说的"蛮鹿"指的就是现在的忙麓山，"锡规"就是现在的昔归。这是史料中关于昔归茶的最早记述，但也在无意间成了与现代山头茶意思相吻合的记载。

第三节 嘎里古渡,茶马古道上的水路要塞

寻茶至昔归,很多茶友会流连忘返于忙麓山的茶园景观,会沉湎于雄壮而旖旎的澜沧江风光,却往往忽视忙麓山下这片波澜起伏的澜沧江面,曾是从邦东横渡澜沧江必经的渡口——嘎里古渡所在,它曾在茶马古道历史上发挥着重要作用。

嘎里古渡曾经的兴盛,与茶马古道这一古代最为庞杂的交通网络的形成不无关系,也与邦东所处的特殊地理位置有关。前有澜沧江的隔断,后有邦东大雪山的阻拦,那时的邦东对外交通十分艰难。这种状况终于在明朝的洪武年间被打破,邦东也从"与世隔绝"开始进入对外交往的历史。明洪武十八年(1385年),麓川(位于今云南西部、缅甸北部的傣族政权)首领思伦法率军经邦东过澜沧江,将铁骑踏上已经纳入明朝版图的景东府境内,由此打通了临沧通往景东等地的通道。

通道的贯通,让越来越多的外地人来到邦东,也让越来越多的邦东人走出大山。到民国年间,在老邦东街设置邦东镇,是当时缅宁县除县城外唯一的重镇。缅宁、云州通往景东的古驿道在邦东老街交会,外地大宗商运马帮在集市上歇脚贸易,老邦东街繁荣一时。在丘廷和于 1948 年编撰的《缅宁县志》中称:"本县市集又次为邦东乡之邦东街,以甲寅日为集,以盐茶为大宗,上至勐麻大寨,下至戛里江渡,市场较为繁盛。"

从此,邦东不再隐秘,邦东人的视界不再狭隘。当时,从缅宁(今临翔区)至景东的古道,从县城出发经丙兔、五台坡、璋珍、邦包后到达邦东老街;另一条从云州(今云县)出发,经勐麻(今云县大寨)、大石(今云县大朝山西镇)后到达邦东老街。两条古道在邦东老街汇合后,经嘎里古渡过澜沧江后可经镇沅进入景东。

作为那时候盐茶等大宗贸易往来的主要干道,由老邦东街出发的

澜沧江边的嘎里古渡。

3条茶马古道,一路山川险阻、旅途艰难,交通运输主要靠的是人背马驮。成百上千的马帮及南来北往的茶商,驮来了布匹、瓷器、盐巴、日常百货以及内地的稀罕物件,也驮走了上好的邦东大叶茶。日益畅通和发达的道路交通,令邦东这块昔日的闭塞、隐秘之地,逐渐融入更广阔的世界中,源自邦东的茶叶也随蜿蜒曲折的茶马古道走向四方。

随着茶马古道的兴盛,关于嘎里渡的文字记载最迟在明代已经出现,是明隆庆六年(1572年)邹应龙纂修本《云南通志》中的"澜沧江上渡",是《徐霞客游记》(1639年八月初九)中的"夹里沧江渡"。《缅宁县志》载:"《云南通志》澜沧江上渡,即本县之嘎里渡。距城东140里,为通景东要津,设船以渡。"

到清代,因地处要津,嘎里渡已经颇具规模,不仅渡口开始设船摆渡,还有马店等供来往客商和马帮休息住宿。清光绪、宣统年间,各地客商纷纷在这里设商号,经营以盐、茶为主的水上营运。民国时期,当地人杨来卿、邱月楼在渡口设长兴号,邱岐山、嵩玉三设同庆

从嘎里古渡遥望昔归大桥,有一种古今交融之感。

"老船长"阮仕林,家族几代人都是昔归嘎里古渡的摆渡人。

号,景东人苏三保设允丰号,王义贵设义兴号,在嘎里渡经营以盐、茶为主的大宗水上营运。

数百年来,嘎里渡一直默默见证着这沧海桑田般的世事变迁:1983年,嘎里渡停渡;1986年6月邦东昔归农民李德成申请获准恢复摆渡,并改设为"昔归渡";1999年12月在上级航运部门支持下新建渡口并改进铁皮溜索船;2009年,在镇沅县一侧新建的秀山码头代替了昔归渡。时光荏苒,随着马帮的衰落,曾经繁华的嘎里古渡也一度沉寂。

尽管现代交通工具早已取代了茶马古道,但是摆渡人、渡船、马帮的影像还一直存留在阮仕林的记忆中,时常在午夜梦回时如幻灯片一般播放着。摆渡人,是他和他的祖辈们在昔归这片土地上留下的深深烙印,至今他仍住在澜沧江边,当地人还亲切地称他为"老船长"。

出生于1963年的阮仕林是昔归本地的傣族。傣族是昔归相对古老的世居民族,过去有300多户人家,随着战乱、迁徙等因素,回族、拉祜族、佤族等少数民族也逐渐与其聚居于此。

　　阮仕林的祖祖辈辈都生于斯，长于斯，且以摆渡为生。他记得小时候总能见到父亲的手心里因握桨而磨得厚厚的老茧。他偶尔也会和妈妈一起坐着父亲手摇的木船，到对岸的镇沅秀山街子上赶集。木船很笨重，一艘船需要3个人划，船头2人，船尾1人，一次限乘22人。父亲总是划得满头大汗。这艘木船每天要在江上往返几十次，运输着往来两岸的村民以及马帮的马匹和货物。阮仕林记得直到2007年以后，马帮的身影才逐渐消失。

　　20世纪80年代初，阮仕林小学毕业后便子承父业，也在嘎里古渡上当起了摆渡人，渡船也经历了从木船到铁皮船再到柴油机动船的迭代更新，而船费也从过去的几毛钱涨到了5块钱。直到现在，阮仕林还有一艘机动船停泊在码头，有需要的时候才会开船去对岸。30多年的摆渡生涯，阮仕林也亲眼见证了什么叫"三十年河东，三十年河西"。一条澜沧江分隔的两岸，右岸是茶树满山坡的昔归忙麓山，左岸是秀山镇漫山遍野的橡胶林。30年前橡胶红火，右岸昔归的村民过江割胶打工；现在茶叶红火，左岸秀山村民过江采茶打工。30年时光流转、时代变迁，阮仕林的渡船上每天总有上百人往来于两岸。

　　澜沧江，是一条茶的河流，普洱茶的核心茶区大多分布在澜沧江中下游流域。现在我们在昔归看到的澜沧江，江面宽阔、水流平缓，如一位温柔而包容的母亲。这其实得益于20世纪90年代云县大朝山水电站的修建，驯服了曾经波涛汹涌的澜沧江。嘎里渡是两条古驿道在邦东交会后跨过澜沧江的重要交通要塞，却也是茶马古道中最凶险的一个关隘，马帮横渡澜沧江主要靠木船、竹筏。阮仕林记得，以前澜沧江水很急，雨季遇到大雨天基本不敢摆渡。他听父亲说过，以前每年江上都会有翻船的事故发生，尤其是马帮，在波涛汹涌的澜沧江上，只要受到浪头和鸟叫声的惊扰，马群就容易受惊失重，人、茶、

昔归渡口,是嘎里渡口1986年以后的新名称。

马就会随木船、竹筏翻沉江中。嘎里古渡曾经吞噬了无数赶马人的生命,也谱写了无数赶马人征服澜沧江的悲壮故事,记载着茶马古道上永不消失的悠久茶香。

而作为昔归人,除了江上的摆渡生活,茶在阮仕林的生命中也如空气般寻常而必需。20世纪80年代包产到户后,阮仕林家分得几十亩茶园,都在忙麓山上,现在已经增加到了100多亩。那时,他晚上做茶,白天摆渡,到了街子天(市集日),就把做好的茶叶装上渡船,运到对岸秀山街子上卖。早年茶叶不值钱,昔归茶拉到老邦东乡的坡头街子,只能卖1.5元/斤,但是过江到秀山街子就能卖3元/斤。虽然秀山也产茶,但是昔归茶的味道更好,秀山人只认昔归茶。直到20世纪90年代,昔归茶才卖5元/斤。那时橡胶价格好,秀山当地的村民还是有点闲钱买点好的昔归茶喝喝,算来秀山人应该是昔归茶最早的"粉丝"了吧。

第四节

云海之间，邦东大叶茶恣意生长的乐土

云起沧江，茶出邦东。如果说茶是邦东永恒的底色，那么云海便是邦东最美的亮色。

清晨站在海拔 1700 多米的曼岗村大箐队，往昔归方向远眺的时候，飘浮在澜沧江上空的云海，宛若长龙般沿着江两岸高高矗立的山谷远远地铺陈而去。静谧时如绸缎般尽显丝滑，涌动时如波涛般云卷云舒……看着眼前如诗如画的美景，心中不禁感叹，邦东这块藏在云里的秘境福地，真是茶树恣意生长的乐土。

当人们在高山之巅俯瞰云海时，如临于大海之滨，波起潮涌，浪花飞溅，惊涛拍岸。早在清代，邦东云海就以"白雾迷江"的奇景，被文人雅士列入"缅宁八景"之中。

日出邦东，云海翻涌。（智德鸿昌｜供图）

邦东云海，沿澜沧江峡谷匀布，宛如长龙。连绵起伏的山峰，终日深藏于厚厚的云海之中，当云海上升到一定高度时，远近山峦，在云海中出没无常，宛若大海中的无数岛屿，时隐时现于"波涛"之上。山峰云雾幻化无穷，犹如峰峦在天，意象万千。蓝天与云海交相辉映，日出前，云天一色，漫无边际；日出时，浮光跃金，丹霞缥缈；中午厚厚的云雾慢慢散去，一块块的云团飘浮于山顶上，阳光照射下来，只见云的影子正洒落在高高的山顶上。《临沧县志》对之有如是文字描写："……每当秋冬清早，白雾覆盖江岸，晴天至11时方散，雨天如烟雾腾起，居高山俯视，宛如一条白练，铺在两山之间。"

云海的形成显然与当地特殊的地理、气候环境有关。在邦东，可以一日经四季，早上从曼岗大箐队出发，需要穿厚外套，而一路行至澜沧江畔的昔归古茶园，便是穿短袖也嫌热了。正是这样的垂直气候，形成了邦东四季可见的云海。从海拔700多米的澜沧江面散发而出的热气，形成暖湿气流后受江两岸重重高山的阻挠，被迅速抬升到海拔1000多米的高空，遇冷后形成了蔚为壮观的云海奇观，而且是一年大部分时节都能看到云海。一天当中云海会持续到午后。

邦东的气候属亚热带低纬度山地季风气候，每年11月到次年4月，受从阿拉伯、伊朗及印度半岛北部等沙漠或大陆干燥地区流过来的南支西风急流控制；5—10月，南支西风急流减弱北移，受来自印度洋的暖湿西南气流——西南季风和赤道季风影响，形成四季如春、干湿季分明的气候特征。境内群山起伏，河谷纵横，海拔差异大，立体气候明显，呈现出了相对明显的3种气候带——温凉带、温和带、多雨湿热带。其中，海拔2100~2400米为温凉带；1300~2100米为

日暮下的邦东茶园。

温和带，这也是邦东茶区绝大多数古茶园的主要分布区域；1300米以下至澜沧江面为多雨湿热带，古茶园核心区主要分布在昔归忙麓山上。

特殊的地理环境，使得整个邦东茶区海拔差异较大。冷暖两股气流影响，降水量多，湿度大。穿境而过的澜沧江，从江面散发出来的水汽蒸腾而上，形成漫无边际、幻化无穷、意象万千的山间云雾，充分滋养着茶树的生长。常年云雾较多，使得太阳光的直射光少，漫射光多，十分有利于茶树有机物质的积累和转化。

整体上看，邦东乡受地形、气候条件的影响，生物、气候、土壤的垂直自然带分布明显。土壤的构成主要有赤红壤、山地红壤、山地黄壤三大类，偏酸性，pH值5~5.5，土层深厚，有机质含量丰富，大多在3%以上；矿物质及微量元素含量高；土壤较疏松，质地多为轻壤，排水良好，非常适合茶树生长。

邦东地区的土壤成分构成与气候带的分布非常相似。海拔2100~2400米的地带主要为山地黄壤，成土母质为花岗岩残积土，主要植被有云南松、栎类，气候温凉，属于高寒山区。海拔1300~2100米的地带主要为山地红壤，成土母质包括花岗岩、第三纪老冲积红壤、千枚岩等，植被为针叶林（以云南松为主）及混交林（主要是云南松与栎类的混交），气候属于温和型。海拔730~1300米的低热河谷地带主要为赤红壤，成土母质为砂岩（变质）、老冲积红壤等，常见植被有木棉、红椿、榕树等，是典型的亚热带沟谷季雨林。

海拔在740~1043.4米的忙麓山古茶园，其土壤就是矿物质含量较高的酸性赤红壤。漫步在茶园中，不时可见被当地人称为"羊肝石"的风化石。这种风化石富含矿物质和微量元素，经风化后土质疏松，土壤表层有机质丰富，给昔归茶树的根部带来充足养分，也为昔归茶的优良品质形成奠定了物质基础。

云海的滋养、良好的自然生态环境为茶树生长提供了最佳风土，而成就邦东茶优异禀赋的，则来自其独特的品种——邦东大叶茶。云南是大叶种茶的原产地，云南大叶种茶也是普洱茶的唯一原料。不过，"大叶种"是一个群体种的总概念，其下还细分为若干个茶树品种，比较有名的包括勐海大叶种、勐库大叶种、凤庆大叶种、易武绿芽茶等。而邦东大叶茶是在这片云海之间，茶树生长的乐土里，孕育出的属于自己的茶树品种。

邦东茶区的茶树可分为野生、驯化、引进三大类。当地说的野生茶主要有红花油茶、红山茶、小红花茶、小白花油茶、大叶茶、香果叶茶、小叶种茶、牛皮茶、小山茶、老苦茶等10多种（茶的近缘植物）。其中大茶树主要分布在璋珍林家村一带，香果叶茶、小叶种茶分布在邦东后山，红毛茶分布在邦东大箐，大叶茶分布在邦东曼岗村，驯化品种主要就是邦东大叶茶。

昔归茶园，茶叶新发。

昔归古茶园里的茶果和茶花。

邦东大叶茶因所制干茶条索黑瘦细长，又称"邦东黑大叶"，有着"黑美人"之美誉，属有性系、乔木型、大叶种、晚生种，模式样本采集于临沧市邦东乡曼岗村。1982年，中国农业科学院茶叶研究所、云南省农业科学院茶叶研究所到临沧县（现临翔区）帮助调查茶叶品种资源，证实临沧茶叶品种均属云南大叶种群体。1987年12月15日，由云南省标准化研究院提出，云南农业大学园艺系负责起草，邦东乡曼岗村云南大叶群体被云南省标准计量局批准为云南省地方茶树良种：邦东黑大叶茶（词条收录于陈宗懋主编的国家"八五"重点图书《中国茶叶大辞典》）。

据专家测定，乔木型的邦东大叶茶植株高大，其种子性状为圆形或扁圆形，棕褐色；植株性状为乔木型，主干明显，树势高大，树姿半开展，分枝密；叶片形态为阔椭圆形，叶长19厘米，宽8.7厘米左右，叶面隆起，叶质柔软，叶身平展，叶尖稍下垂，叶脉12~14对；花乳白色，花瓣6~7瓣，花冠直径3.9~4.3厘米，柱头3裂，雌蕊高于雄蕊，盛花期11月下旬，结实性强；采摘期一般从2月底至3月初开始，一直持续到12月初（春、夏、秋三季）；芽叶性状为绿色、肥壮、茸毛多。邦东大叶茶抗寒性较强，因此在年平均温度15℃以上、绝对最低温度-3℃，年降水量1000毫米以上的地区均可种植[1]。

邦东大叶茶在邦东茶区分布较为广泛，但主要分布在曼岗、邦东两个行政村内，代表性茶树主要有昔归1、2号古茶树，李家村1、2、3、4号古茶树等，其中以曼岗村大箐的一株茶树最具代表性。这株呈自然生长的古茶树，高9.3米，树幅53.2平方米，基部干围1.56米，树姿半开张；叶特大，叶形椭圆，叶色深绿，叶面隆起，叶质较软；芽叶绿色，茸毛多，一芽三叶百芽重118.9克；花冠直径2.8~3.7厘米，花瓣6~7瓣，子房多毛，花柱3裂；果直径3.7~4.5厘米，种子直径1.5~2.0厘米；产量较高，年平均采摘鲜叶250千克，是临翔区最大的一棵古茶树[2]。

昔归茶王树。

---

[1] 孔德昌：《云南省临沧市古茶树资源状况》，云南科技出版社，2021。
[2] 同上。

昔归茶博馆展出的邦东黑大叶茶标本。

邦东大叶茶是加工普洱茶的上乘品种。据测定，邦东典型的一芽二叶春茶，含氨基酸 2.8%、茶多酚 28.3%、咖啡碱 4.4%、儿茶素总量 18.5%、水浸出物 49.4%[①]。邦东黑大叶茶，茶氨基酸含量是云南大叶种茶叶中较高的，鲜爽活泼的口感比较明显。茶汤入口，鲜活之气充盈口腔，满嘴甘津，如同吃了橄榄；又犹如吃了薄荷糖，喉部凉凉的，凉意停留甚久，喉韵悠长，实在是妙不可言。总之，优良的茶树品种、适宜茶树生长的最佳风土、高超的制茶技艺，三者的共同叠加，才能真正成就一款品质优异的普洱茶。

曾经隐秘的邦东，人与茶之间一直有着紧密关系，甚至可以说人与茶就是世代生长在一起的。从茶树起源的远古时光里走出来，一路到茶石共生、人茶共存的自然人文风貌，澜沧江实在给了临沧太多恩泽。沿着澜沧江溯洄从之，或者溯游从之，都将是一场在"茶源山海经"里的穿梭！从茶马古道，到 G323 国道，到翻越五老山的新公路，

---

①孔德昌：《云南省临沧市古茶树资源状况》，云南科技出版社，2021。

站在忙麓山上眺望昔归大桥。

云起澜沧江·茶出邦东

再到新开通的高速公路，邦东已经不再隐秘，邦东与外界的距离也越来越近。

2021年1月13日，从墨江到临沧的墨临高速公路正式通车，临沧市由此进入高速公路时代。由临沧市区到邦东，从此不用再走翻越横穿五老山的盘山公路，行车时间从2个多小时缩短到30多分钟。墨临高速就从昔归忙麓山的西北方穿过，当车开到澜沧江的昔归大桥上时，迎接我们的就是邦东茶区；往左边看，进入临沧的第一眼，看到的就是昔归古茶园。

日月行天，江河行地。滔滔不绝的澜沧江，连天接地的邦东大雪山，构筑出了邦东这块昔日的隐秘之地，茶树恣意生长的乐园。"邦东三杰"是邦东茶区名山头的代表，是邦东出优质好茶的最佳代言。"石生茶"是邦东茶的崭新标签，是邦东出优质好茶的最佳诠释。随着邦东三杰的崛起，以及石生茶概念的宣传和推广，邦东茶不再是养在深闺人未识，而是不断地打响了自己的名号，将那缕沁人的清香和别具一格的风味，以自己独特的身姿呈现在每一位爱茶人的面前。

第二章

邦东三杰
茶源地理

忙麓山是邦东大雪山向东延伸到澜沧江畔的一部分,山脚便是江水碧绿的澜沧江和澜沧江上的嘎里古渡。整座忙麓山地处向阳坡,其中约一半为古茶园,另一半为亚热带雨林。

第一节

昔归：云茶奇葩，低海拔之王

昔归，是云南茶山中一个非常富有诗意的地名，让人不禁想到陶渊明的诗歌："归去来兮，田园将芜胡不归。"其实昔归是一个傣语名字，意为"搓麻绳的村庄"。或许是因为处于茶马古道上的重要渡口，早些年茶商渡船来邦东收购茶叶，需要大量的麻绳摆渡，于是就把这搓麻绳的地方称作昔归。因为是傣语的音译，因此，昔归以及忙麓山在历史书籍和记录中，曾有过各种发音相近的写法，比如：锡规、夕规，以及蛮鹿、蛮绿、忙六、忙鹿、茫麓等。最后，让所有人记住且爱上的名字唯有这诗意的"昔归"。如果它的名字是"搓麻绳"之类的，恐怕就没有今天的地位了。相同情况的还有勐库的冰岛，同样是傣族村寨，作为傣语的音译，冰岛村过去有扁岛、丙岛的写法。最终，唯有这带着点遥远异域风情的空间想象，和带着冰糖甜、清凉感

昔归茶山地理

茶山面积：约600亩，亩均约40株。

地理位置：昔归忙麓山古茶园位于临沧市临翔区东部的邦东乡邦东村，距邦东村委会12公里，距邦东乡政府16公里。古茶园范围东至澜沧江嘎里古渡口公路边，西至墨（江）临（沧）高速公路隧道口箐边，南至忙麓山顶，北至墨临高速桥底。

茶山海拔：海拔740~1043.4米，其中古茶园主要分布在海拔800~950米范围内。

气候条件：亚热带季风雨林气候，年平均气温22℃，年降水量1100毫米。

优势树种：邦东黑大叶茶。

土壤构成：为澜沧江沿岸典型的赤红壤，偏酸性。

一条澜沧江，分隔了临翔邦东和镇沅秀山。

航拍昔归忙麓山古茶园核心区。

味觉想象的"冰岛"一词深入人心,成为临沧茶区的山头顶流。

其实,回顾云南山头茶兴起的这10多年的历程,一个好名字对山头知名度和价格的推动是至关重要的。毕竟这些山头名称常常会被商家直接印在包装纸上,随着销售渠道去到全国各地的茶友们的茶桌上。很多茶友未必有机会来到云南茶山,那么包装纸上的山头名称,往往成为他们对茶山美好联想的灵感之源。能激发美好想象空间的产品,自然更容易影响客户的购买决定。我们曾经将易武弯弓茶区森林里的一块原名"马拐塘"的茶地更名为"凤凰窝",凭着这个寓意"凤凰于飞"之地的名字,此山头很快就在易武众多小微产区中异军突起、一飞冲天了。

昔归,是邦东茶区最负盛名的古茶山,几乎每一位到邦东的茶友,都会去昔归古茶园打个卡,就连现在邦东乡的形象宣传语也是"云上邦东,昔归故里"。可见,昔归是整个邦东茶区的标杆和"顶流",如今的昔归人也早已不用搓麻绳了。我们从墨临高速公路昔归出口一出来,行车10多分钟即可抵达昔归村。其实,早在2014年,昔归老寨就因为被规划进糯扎渡水电站的库区,政府为了保护水源区生态,而将全村128户人家整体搬迁至几公里外的昔归新寨。现在老寨只留有部分初制所、茶厂和少量村民的居所,生活区大部分都在昔归新寨。将生活区和茶园分离,从保护古茶园的角度来看也是非常有意义的,这一点在冰岛老寨分离得最彻底。

忙麓山,昔归古茶园的核心

来昔归访茶,当然必须去忙麓山古茶园走走,从山下的昔归茶博馆上山只有几分钟的路程,可以自己驾车前往,也可以乘坐电瓶车。如今昔归老寨的茶旅配套服务非常到位,忙麓山古茶园内修筑了栈道贯连整片茶园,还有清晰的指示牌,即使第一次独自上山也不会迷路,循着指示牌就能拜谒到大名鼎鼎的昔归茶王树。

这片"头顶大雪山,脚踏澜沧江"的昔归古茶园,近10年来一直稳居普洱茶一线山头,也是名山头中离澜沧江最近、海拔最低的古茶园。当然,这里说的"低海拔"只是相对云南其他茶区的海拔而言,如果比起江南、福建一带的茶区，昔归的海拔仍然是远高于大部分茶区的。都说"高山云雾出好茶"，一般来说海拔较高的地方，茶叶品质要更好。当然，海拔并不是绝对因素，许多普洱茶产区的古茶园，海拔大多在1200~2000米区域，尤其以1400~1800米区域最适合栽培型古茶树的生长，品质也相对更佳。海拔2000米往上，则是野生型古茶树的主要生长区域。但昔归是个例外，昔归的核心产区忙麓山，海拔在740~1043.4米，其中古茶树主要分布在800多米的区域，在云南的众多茶山中，算是海拔相对比较低的茶山。但这片低海拔的古茶园，所产出的茶叶却有着优异的品质和迷人的风味。昔归可谓云茶王国里的一朵奇葩，是当之无愧的"低海拔之王"。

忙麓山是昔归古茶园的核心地带，也是昔归茶品质最佳的产区。忙麓山目前的茶园面积500~600亩，全年干茶产量8吨左右，周边船房梁子、木厂梁子、白虎山、茴子坟、老寨附近非核心区域的茶园总计有2000亩左右，年产干茶13~14吨。

昔归古茶园中被当地人称为"羊肝石"的土壤。

采摘"金叶子",展望新生活。

忙麓山是邦东大雪山向东延伸到澜沧江畔的一部分,山脚下便是江水碧绿的澜沧江和澜沧江上的嘎里古渡。整座忙麓山地处向阳坡,其中约一半为古茶园,另一半为亚热带雨林。古茶园周围生物多样性保存完好,林间常见红椿、香樟、大叶榕、牛肋巴、野橄榄、野生芒果等植物。茶园周围混生着高大的林木,庇荫着这片忙麓山古茶园。古茶树沐浴在云海之下,吮吸着澜沧江的江水、清晨的朝露,沉浸在山林间的花果香中……

背靠邦东大雪山、面朝澜沧江的地域特征,忙麓山不仅常年被缥缈云雾轻柔环抱,更孕育出一种独一无二的"微气候":阳光以温柔的漫射为主,直射光线则较为稀少。当邦东大雪山东南坡的清新冷空气缓缓下沉,与澜沧江面上蒸腾而起的暖湿气流浪漫邂逅,于清晨时分,在邦东澜沧江河谷编织出一片浓郁的积雨云海。晨曦初露,直至上午9时许,这片浩瀚云海犹如轻纱般覆盖忙麓山巅,阳光透过云层的缝隙,以柔和的散射光轻抚茶树,巧妙减缓了叶面的水分蒸发,为茶树保留了那份难能可贵的鲜嫩。

此外，山地与河谷交织的地形赋予了这里显著的昼夜温差。白日里，阳光炽热，促进了茶树旺盛的同化作用；而夜幕降临，气温骤降，茶树的代谢活动随之减缓。这样的温差变化，宛如大自然的精妙调控，不仅加速了茶叶内部养分的积淀，还显著提升了茶叶中芳香物质、多酚类化合物及氨基酸等珍贵成分的含量，自然而然地赋予了茶叶更加卓越的品质与风味。

昔归忙麓山水井凹茶地。

相反，如果茶园的阳光直射时间长、光照强度大，茶叶的苦涩度会增加，而鲜爽度下降，也就是氨酚比低，直接影响茶叶的协调度和平衡感。这样就能解释，为什么邦东的卫平、团山等地的古茶园也在澜沧江边，所产茶叶却出不来昔归茶的韵味。这是因为昔归处于澜沧江的大回弯处，东坡面北的山脊地带，阳光直射的时间相对较短；而团山、卫平是处于河流的开口处，阳光直射的时间相对长。由此可见茶叶品质与微地形的关系何等密切。

此外，土壤也是成就昔归茶的一大因素。昔归一带的土壤，为矿物质含量较高的酸性赤红壤。整个忙麓山古茶园，茶树大多生长于土夹砂石的山坡，漫步在茶园中，不时可见被当地人称为"羊肝石"的风化石。这种风化石富含矿物质和微量元素，风化后土质疏松。土壤表层有机质丰富，为昔归茶的优良品质奠定了物质基础，也给茶树的根部带来充足养分，使得茶树的根系非常发达。

茶叶中有种重要的内含物质叫氨基酸，氨基酸的含量越高，茶叶的鲜爽度就会越高。氨基酸的合成从茶树的根部开始，茶树通过固氮作用，将土壤中的氮元素转化为可以吸收的形式，从根部开始跟着营养输送系统一起被运到茶树的芽、叶等各部位。通过光合作用，茶树吸收太阳光能，把它变成化学能，然后通过一系列的酶作用，把二氧化碳和水转化成葡萄糖。通过一系列复杂的代谢过程，氮元素被转化成了合成氨基酸所需要的化合物，茶树利用这些化合物来合成茶叶中的氨基酸。这些氨基酸在茶叶中扮演着重要的角色，让茶叶的味道更加丰富和迷人。独特的地理条件、气候环境，让低海拔的忙麓山成了茶树生长的天堂，也造就了昔归茶味强、香浓、回甘的个性特点，以阳刚强劲中带有几分温柔而被众多茶友喜爱。

家住昔归村1号（新村）的刀正华，曾在1996—2007年担任过昔归村民小组组长、邦东村委会主任等职务，常年走村串寨，又因在家中排行老三，乡亲们都喜欢叫他"刀三哥"。据刀三哥介绍，忙麓山并不只属于昔归村，而是为昔归、荒田两个村民小组所共有，所以昔归、荒田的村民

人称"刀三哥"的刀正华。

几乎家家户户都有忙麓山的茶园，只是面积多点少点的区别。在集体化时代，昔归、荒田同属一个生产队，到1978年才分成两个生产队。昔归、荒田两个村民小组有160多户人家，人口500多人，其中傣族人口占到一半以上，刀姓、冉姓、阮姓、孔姓都是傣族。刀正华的先辈是20世纪30年代从上游的云县大朝山一带，逃国民党兵役而迁到昔归的。那时的昔归，人烟稀少，土地又相对肥沃，从各地逃兵役、逃难来的人就慢慢地汇聚到这里。集体化时代，昔归基本没有新种植过茶树，直到1982年包产到户后，老百姓才在古茶园中补种茶树，但也没有规模化种植过。现在的小树茶园，是2006—2010年大规模种下的，总面积有四五千亩。

昔归藤条茶，茶树上的园艺遗产

走在昔归的古茶园中，目之所及大多是一些呈藤条状生长的茶树，粗大岔枝上生长着几十到上百条细长的枝条，每根细长枝条只有顶端部位生有芽叶，枝条盘曲蜿蜒、嶙峋虬然，似卧龙、飞禽。茶树不高，但树幅庞大，枝条多且长，枝头低垂、叶片少，远观树如藤、韵如柳，这就是所谓的"藤条茶"。

藤条茶并不是一个茶树品种，而是一种茶树管养方式。昔归人至今还传承着藤条茶留采法，这种"茶树上的园艺遗产"，据说始于清代，具体年代不详。管养周期需要10~20年，才能最终形成藤条茶的形态。其采摘方式使用留叶采和不留叶采两种方法，春茶采摘时除留鱼叶外，视茶树生长情况留1~2张真叶；春茶采完两三波时，将上次留的老叶抹去，再留1~2张真叶；抹侧芽、留顶叶处理，实质是采摘一次，在生产枝上强化顶端优势一次。如此不断强化顶端优势的枝条，便会

昔归藤条茶。

持续不断地向上挺立生长。待其增长至一定高度，受重力影响，枝条顶端开始向下弯曲，形成一道道长长的下弯枝。这些枝条可延伸至数米，彼此交织，蓬松而茂盛，以至于树干几乎被完全遮蔽于这繁茂的枝叶之下。若是基围粗壮的古茶树，树冠如伞般铺展开来，幅宽可达三四米，蔚为壮观。

藤条茶以其独特的生长形态，巧妙地让每一片茶叶都能最大限度地沐浴阳光，进行高效的光合作用，这一特性极大地促进了茶树的营养积累与生长进程，延缓了其成熟期，赋予了茶叶更丰厚的内含物质。现代科学研究证明，光合作用是植物生命活动的基础，其合成的营养物质占据了茶树干物质总量的90%~95%，是茶树蓬勃生长的奥秘所在。值得一提的是，藤条茶的叶片在光合作用方面展现出了超越常规茶园的优势，其净光合速率显著高于现代集约化茶园。这一生理特性直接转化为茶叶品质的显著提升：水浸出物与茶多酚含量更为丰富，茶香高扬悠长，回味甘甜生津，持久不衰，茶汤滋味鲜爽宜人，各风味成分和谐交融，展现出藤条茶独一无二的韵味与风采。

满是藤条茶的昔归古茶园。

当然,藤条茶也不是昔归独有的,在临沧市双江县勐库镇的坝糯,普洱市镇沅县的老乌山、景谷县的小景谷,以及西双版纳勐海县的曼糯乡、易武镇的张家湾等地都有藤条管养模式的茶园。

很多人对藤条茶有一定的误解,看到光秃秃的枝条,会以为这是一种杀鸡取卵、掠夺式的采摘行为。云南省农业科学院茶叶研究所的高级工程师罗琼仙老师就曾为藤条茶正名,她认为:"藤条茶的采摘及茶园管理技术是先民根据乔木型大叶种茶的植物学特性、当地气候土壤条件及市场的特定需求,总结的一套云南大叶种乔木形态种植、鲜叶采摘、茶园管理的配套管理技术。它是云南清末至民国时期茶农因地制宜,发明的大树茶高产优质种植管理技术,是中国精耕细作的农耕文化与云南茶、西南民族文化的结合,是云南茶叶规模化、专业化的见证,是云南茶业迈向现代产业化的基石[①]。"

总之,藤条茶虽不是昔归独有的,但是藤条式的管养一定是昔归茶风味密码的组成部分之一。

昔归茶:我很丑,但我很好喝

汤色金黄透亮,汤质油润稠厚的昔归茶。

昔归茶跻身普洱茶山头茶的"顶流",还是近10多年的事,其实早年的昔归茶并不讨喜,只因为颜值不高。尤其是临沧还在大力发展红茶生产,为国家换取外汇的年代里,昔归茶很少被做成红茶,都是输在了颜值上,反而一直保留着做手工晒青茶的传统。于是,坚守到普洱茶复兴的时代,昔归反而在临沧茶区中率先异军突起,成为一线名山。

茶友们曾对昔归茶的外形给予12字评价:"柳叶形、黑荆条、背无毛、梗难瞧。""柳叶形"是说干茶条索瘦长,"黑

[①]罗琼仙等:《云南独特的茶树管理技术——藤条茶》,《福建茶叶》2021年第12期。

荆条"是说色泽偏深偏暗,"背无毛"说的是不显毫,"梗难瞧"则指茶叶梗长、多马蹄。总之,昔归茶从颜值上看,的确不符合普洱茶外形的主流审美,但是茶叶综合品质、协调感、香气、口感,别说在临沧,就是放在整个普洱茶界,都是独树一帜的。所以,昔归茶是典型的"难瞧"好喝的茶。

昔归古树茶将"刚柔并济"发挥到了极致,就像太极拳一样柔中带刚。昔归茶历来以"香浓郁、汤清甘、味厚重、喉生津"而著称,花香馥郁,香气高锐,有甜韵、有茶气,还有一种独特的"菌香"。这种特殊的香气具有很强的地域性,很难被拼配出来。昔归茶滋味浓酽饱满、茶气强烈,茶汤中花香明显,前几泡入口苦涩却很快化去,且伴随着迅猛的回甘与生津,汤感细腻却不寡淡,浑厚饱满,层次丰

昔归古树茶中典型的细长如"柳叶形"的叶片。

忙麓山中采茶归。

富，有包裹度，甚至还有点"弹牙"的感觉。后面几泡山韵明显，有冰糖的香甜感，入口后口腔留香持久，且喉韵深，回味悠长。总之就是，前半段刚劲厚重，后半段清润甜柔，既有内敛且强劲的茶气，又有温柔含蓄的韵味。云南省著名茶叶专家徐亚和老师曾用21组词精准概括了昔归茶的品质成因和文化底蕴：

雪山胜景，山滋茶萌，相得益彰。

乳石飞走，茶生其间，地貌独特。

山存四季，春秋同住，茶性丰富。

土类丰富，保根益菌，本固枝荣。

茶种优良，嫩茎暗红，独具特色。

远古遗址，古道古渡，底蕴深厚。

品优形美，味甲海外，历史悠久。

第二节 那罕：官家茶的小而美

那罕是曼岗村下辖的一个村民小组，但是它的成名却早于曼岗，几乎可以说是紧随昔归之后的。邦东三杰中，那罕以小小的体量博得了第二杰的地位，或许与其茶叶的品质和极具辨识度的风味口感息息相关吧。若要追溯起来，那罕茶最早以有一定量的产品出现在市场上的，当属澜沧江集团出品的"娜罕兰韵"。和很多少数民族音译的地名一样，那罕的写法还有娜罕、纳罕等。那罕也是傣语地名，意思是"官家的田"。不知此地的命名，是否与"那罕贡茶"的传说有关。

那罕茶山地理

茶山面积：古茶园面积700~800亩。

茶叶产量：古树春茶年产量5~6吨。

地理位置：那罕古茶园位于临沧市临翔区邦东乡曼岗村那罕组，距邦东乡政府所在地约8.5公里，距曼岗村委会约2公里。

茶山海拔：古茶园主要分布在海拔900~1400米的山上，与澜沧江直线距离不到2公里。

气候条件：属亚热带季风雨林气候，年平均气温18℃，年降水量约1300毫米。

优势树种：邦东大叶茶。

土壤构成：面砂岩土、红壤砾土，偏酸性。茶树根系处于砂质土壤富氧环境，并吸收了丰富的矿物质元素，内含物质丰富而协调。

坐落于山脊上的那罕村。

那罕贡茶的传说

走进那罕村,我们在一些茶厂、初制所的广告牌上,还能看到不少关于"那罕贡茶"的宣传字样。但是问及当地村民,贡茶的故事是怎么个说法,却几乎无人能说清楚。关于"那罕贡茶"的故事,我们听到的比较完整的版本,是在云县的澜沧江集团采访刘光汉老先生的时候听他说起的。

相传,清嘉庆二十四年(1819年)八月时,林则徐主持云南乡试,云州勐麻(今云县大寨)的杨国翰中举,并进京殿试进士及第,后在林则徐手下做粮草押运官。1826年,杨国翰回故里接母亲到海盐侍奉,因其母好饮家乡茶,杨国翰就遍托乡亲尽选家乡好茶孝敬母亲,后来选定了名扬乡里的"那罕茶"供其母饮用。他赴京时又用马帮驮了两驮那罕茶到北京。1828年道光皇帝在京城召见杨国翰,杨国翰献上那罕茶饼。道光皇帝饮后随口说道:"这杨国翰献的茶,颜色虽然浅淡,却令齿颊生香,回味甘醇。"林则徐当即回答:"回皇上,这就叫'君子之交淡如水'啊。"道光帝听后哈哈大笑,连称:"好好好!"

【那罕贡茶的传说】

绘画作者:吴昌明

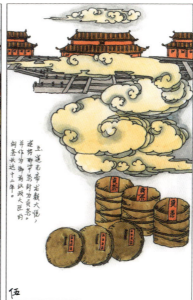

绘画作者简介

吴昌明，1964年10月生，布朗族，云南省普洱市澜沧县人，原普洱市美术家协会常务理事，思茅区美术家协会顾问。1982—1986年就读于云南艺术学院美术系，先后任教于思茅师范学校、普洱民族中学，现已退休。其多幅绘画作品参加省、市级美术展并获奖；已出版作品十余部（册），如：《思茅民间故事连环画》《景谷民间故事连环画》《洛奇洛耶与扎斯扎依》《牡帕密帕》《丰碑上的誓言》等。

遂将此茶封为贡茶，并作为御前议政大臣的例茶长达 12 年。杨国翰去世，贡茶失继，这故事却在民间流传下来……

历史上确有杨国翰其人，而且他是临沧历史上第一个中进士的人，还是清嘉庆年间云南"五华五才子"之一，但是他与贡茶故事在正史上并无记载，传说也就只当传说来听。这个故事不仅寄予了云南边地人民对家乡名人的景仰之情，也彰显了那罕茶的非凡品质。其实云南的古茶山但凡有"贡茶故事"的地方，所出产的茶叶基本上都会有出众的品质、独特的风味，如倚邦、易武、困鹿山等茶山。

也许是因为这个"贡茶故事"的主人公杨国瀚与刘光汉同为云县人，且那罕在地缘上与云县的大朝山西镇接壤，部分茶园的所有权还在云县人手中，所以刘光汉对那罕有着特殊的感情。从 2006 年起，澜沧江集团就在昔归和那罕租下了部分古茶园，租期长达 10 年之久，继而推出"茫绿山""娜罕兰韵"两款普洱茶产品，成为邦东山头茶的正式亮相。"娜罕兰韵"至今还是很多普洱茶收藏者仓库中的至宝。而"兰韵"一词，也将那罕茶的特点概括得十分精妙，被无数爱茶人传播后，如今已经深入人心。那罕茶那一缕沁人心脾的兰香，牵引着我走进那罕，探秘这片小而美的古茶园拥有怎样的风土密码。

那罕茶山风土

在那罕若没有很熟悉当地茶园的人引路讲解，一般人很难分辨出那罕和曼岗的古茶园边界。据说其中一片茶园是以一条沟箐为界的，但是当那罕村民小组的组长张先红领着我们来到那条沟箐前的时候，只见它被隐藏在野蛮生长的荒草之下，只有走近细听，才听得到微弱的流水声。据张先红介绍,那罕是一个以汉族为主的自然村,东南连接着昔归村,北与小曼岗村接壤。全村 50 来户人家 200 来人,古茶园面积总计七八百亩,每年春茶产量 5~6 吨,加上新植的中小树茶园已达 1300 亩以上,年产干茶十几吨。这样的体量,在临沧茶区实属小微产区了,反而平添一种"小而美"的精致感。

即使如此的"小而美",那罕的古茶园也并非是连片的,而是分为 3 个小地块:第一个地块位于那罕村和小曼岗村交界处,产量约占那罕古树茶的 2/5,基本是百年以上的古茶树;第二个地块是那罕大沟片区,产量约占那罕古树茶的 2/5,那罕大沟片区的古茶园坐南朝北地分布在那罕梁子东北坡,是最能代表那罕古树茶风味特征的区域;第三个地块是下那罕地块和其他零星古茶树,产量约占那罕古树茶的 1/5。

走进那罕古茶园,与在邦东看到的古茶园一样,也是茶石共生的地貌。举目望去,便得见山对面国道蜿蜒而过的曼岗村,还隐约看得到有栈道直达的那棵高大葳蕤的"曼岗茶王树",那罕也有自己的"茶王树",相比之下没有曼岗茶王树高大,只因为它是小乔木,主干在地面四五十厘米的地方就开

那罕茶王树。

始分叉,从此开始了向四周生长的"树生"。古茶树的"乔木""小乔木"之分,与树幅大小、树干粗细无关,而与主干分枝处距离地面的高度有关。一般乔木分枝处离地面1米以上,更容易向上生长,小乔木则离地面几十厘米就开始分枝了,更容易向四周生长;那罕的古树以小乔木居多,品种依然是邦东大叶种。观感上,那罕的古茶树总体不如曼岗古茶园的粗壮高大,但不代表其树龄更小。仔细观察会发现,那罕古树的树干较为坚硬,且树皮上常见银白色的地衣,看起来像个铁骨铮铮的汉子。其实,茶树树干的粗细,与其生长速度直接相关。

从小曼岗与那罕交界的那条沟箐算起,那罕古茶园主要分布在呈西北—东南向的那罕梁子上,直线跨度约1.5公里;海拔从下那罕古茶树的最低点约900米到与小曼岗交界约1400米,高差达500米。与昔归古茶园的羊肝石土壤不同,那罕古茶园里遍布花岗岩母质土壤,包括面砂岩土、红壤砾土。我们随便拿起一块茶园里的土块就能看到土壤里夹杂了很多细碎的砾石,有的呈片状,有的呈块状,都是花岗岩经过千万年的风化沉积而形成的土壤地貌。这样的土壤结构相对疏松,有一定的透气性,为茶树根吸收水分、氧气以及各类营养物质提供了良好的条件。土壤环境和海拔不同,造就了那罕古茶与相距几公里外的昔归古茶,有着差异相对明显的风味口感。

那罕古茶园里富含风化岩的"砾壤"。

茶色生香。

那罕兰韵，沁脾幽香

　　那罕之所以能够在云南的众多古茶山中独树一帜，紧随昔归成名，并以相对较小的产量独立于曼岗、邦东，这足以彰显其出产的茶叶品质非凡，风味别具一格。那罕茶透露出一种清雅与孤傲，与其茶汤中那令人陶醉的幽幽兰香相得益彰。值得一提的是，兰香在茶香中属于较为高级的香型。在普洱茶的各大产区中，唯有两座山头因其兰香而声名远播，一是我多年来深爱的景迈山，另一处便是邦东的那罕。尽管那罕与曼岗古茶园地理上相邻，但两地茶叶的风格却各有千秋。那罕茶的水路和细腻度上与昔归茶更为接近，然而，在香型上，昔归的"菌香"与那罕的"兰香"各具特色，为这对被誉为"姐妹花"的茶叶增添了独特的辨识度。若将两者相较，那罕茶显得更为柔和、优雅，而昔归茶则在浓强度和饱满度方面表现得更为出色。

　　那罕的"兰韵"非常迷人，淡淡的兰花香是溶入茶汤之中的，必须将那一口包裹感十足的茶汤含在嘴里的时候，兰香才会从口腔蔓延至鼻腔。茶汤入喉之后，兰香又渐渐沁入心脾之间，那种感觉让人心旷神怡，久久不能忘怀。

第三节 曼岗：岩韵花香，石生好茶

　　曼岗也是傣语地名，意为"石头上的寨子"，相比昔归的傣语音译"搓麻绳的村庄"其命名更显栩栩如生，令人不禁赞叹少数民族先辈那纯真而富有想象力的心智。沿 G323 国道（临大线）自昔归老寨蜿蜒而上，海拔由 700 余米攀升至 1400 米以上，便踏入了曼岗村的地界。这 700 余米的高度差，赋予了曼岗古茶园迥异于昔归的独特景观，而最令人瞩目的是那些散布各处、嶙峋突兀的花岗岩石，与古朴苍郁、傲然挺立的古茶树相依相偎，众多茶树仿佛是大自然的奇迹，从岩石缝隙中顽强生长，展现出生命的坚韧与不凡。

曼岗茶山地理

茶山面积：现有古茶园面积1216.5亩。

茶叶产量：古茶树数量约39600株，年产干毛茶约40吨。

地理位置：位于临沧市临翔区邦东乡曼岗村，辖曼田、茶园、小曼岗、大箐、那罕、隔界6个村民小组。

茶山海拔：海拔1400~1800米。

气候条件：属亚热带季风雨林气候，年平均气温16℃，年积温6554.7℃，常年日照时数2127.7小时，年降水量1217.8毫米，相对湿度74%。

优势树种：邦东黑大叶茶。

土壤构成：面砂岩土、砖红壤，偏酸性。古茶园里遍布花岗岩母质土壤，天然生成优质茶叶的物质基础，茶树根系处于沙质土壤富氧环境，并吸收了丰富的矿物质元素，内含物质丰富而协调。

荣马茶厂昔顶古茶园观云亭地块。

岩韵花香，石生好茶

"岩韵花香"是曼岗茶最为突出的风味特征。当我们看到"岩韵"二字时，往往第一时间想到的是武夷岩茶。武夷岩茶产自武夷山的碧水丹山间，零星散布于三十六峰、九十九岩中，砌石而栽、依坡而种、就坑而植，因独特的地貌和繁复的制茶工艺造就了独步茶界的"岩韵"。

然而在距离武夷山2370多公里的云南省邦东乡，也有着大面积的岩茶，古茶园散落于邦东大雪山下延绵几十里的深山密林中。受地壳运动影响，这一地区古茶园中的乱石破空而出，峥嵘耸立，或如神兽安然栖息，或似巨鸟沉睡梦境，又或像老龟缓缓爬行，更有形态宛若恐龙遗留的蛋化石，神秘莫测。石头之多，数不胜数；茶树之茂，亦成林海，共同织就了一幅"石林巍峨，茶海浩瀚"的瑰丽景观。当然，这样的景观也不独属于邦东，从云县的茶房乡，经临翔区的邦东，一直绵延到马台乡，长达80公里的范围内都有这种茶园地貌。相比于武夷山种植于坑涧中的秀美"盆景"，云南的石生古茶园则尽显西南少数民族的粗犷与质朴。

邦东茶石共生的茶园地貌主要分布在海拔1300~1800米的地带，以曼岗为其核心产区和典型代表，主要分布在从邦东街到大朝山西镇的公路两边。顺着蜿蜒在半山腰的公路往大朝山西镇方向到曼岗，一路都是茶园。以公路为中线，路的上方岩石多且较为圆大，气温相对较低，昼夜温差大，茶质以鲜爽见长，比如核桃箐、大箐、河心村等。路的下方随海拔下降，岩石渐少，昼夜温差相对较小且湿热，茶质以浓醇著称，昔归、那罕、卫平等就处于这一区域。

曼岗茶的"岩韵花香"是如何形成的呢？土壤是茶树生存的物质

长在巨大花岗岩边的古茶树。

基础,早在唐代,茶圣陆羽就已经深刻认识到土壤对茶叶品质的影响,他在《茶经》中写道:"其地,上者生烂石,中者生砾壤,下者生黄土……"北宋蔡襄也在《茶录》中写道:"茶生石缝间,精品也。"武夷岩茶、洞庭碧螺春、凤凰单丛等中国顶级名茶,大多长在石缝之间。尤其值得注意的是,与昔归忙麓山古茶园表层土壤中遍布的"羊肝石"碎块有很大差异的是,在李家村、曼岗村两片相邻且最具茶石共生典型特征的古茶园中,除了一块块矗立在古茶园里的大石头外,茶园表层土壤是一种被当地人称为"墨香土"的土壤。这种土偏黑灰色,细若香灰,很细腻、很松软,人走在上面会比较滑。

曼岗茶区堪称烂石孕育佳茗之典范，其独特性在全国范围内无出其右，无法复制。茶树的生长环境只有石头还远远不够，更需要深厚的土层，而曼岗恰是这样一片神奇之地——巨石林立与深厚土壤并存，连片古茶园蔚为壮观，独步天下。曼岗古茶园遍布花岗岩母质土壤，表层土主要为面砂岩土，深层土壤为红壤、砖红壤，天然形成了优质茶叶的物质基础。茶树扎根数米之深，茶树根系处于沙质土壤富氧环境，可以汲取丰富的矿物质及微量元素，故而茶叶内含物质丰富而协调，氨基酸含量更高，活性更好。茶汤入口，既有岩石般的筋骨感和矿物质味，也有水雾般轻柔芬芳的润泽滋味，口感鲜爽活泼、浓酽醇和、香甜可口，滋味含蓄又富于变化，茶气强劲却不张扬刺激，独具"岩韵花香"的地域风味。

"石介茶—云南岩茶—石生茶"的概念流变

邦东这一独特的茶园奇观，近10多年来，不断被价值发现，也不断被定义、被传播。大体上先后经历了"石介茶—云南岩茶—石生茶"等概念的传播发展阶段。

石介茶的概念最早由徐亚和提出。作为临沧人，且毕业于浙江农业大学，徐亚和长期从事茶叶的科研、教学与生产实践活动。1991年他就到过邦东，也是昔归茶热的早期推手之一。2012年徐亚和开始进入邦东做茶，2013年出版了《云南名木古树茶——石介茶》一书，接着又在2014年拍摄了微电影《寻找石介》；与此同时，徐亚和还推出了延续至今的石介茶产品，能完整呈现邦东茶10多年的陈化轨迹。

书中对石介茶的概念做了深入的阐释:"'介'是两点之间,两地之间的意思。石介茶就是两个石头之间,即石缝之间长出来的茶叶。"石介茶的概念一出来,徐亚和就在各种媒体上大力宣传邦东茶,并声称要用石介茶为邦东茶"找魂",站在茶叶专家的视角为邦东茶产业发展支招。

徐亚和认为,对邦东茶的推广不应局限于昔归,因为昔归的体量很小,在邦东共计46562亩的茶园面积中,昔归古茶园只占了335亩,不到1%。且云南靠山头、村寨来宣传得太多了,邦东如果跟风的话就没有特色。邦东古茶园茶石共生的地貌是天赐的,是独一无二的,也是邦东茶的灵魂所在,更是开启茶叶区域经济的一把金钥匙。徐亚和提出,应该打造"大邦东茶区",邦东茶的底蕴不仅仅是茶叶,还有茶马古道遗址、嘎里古渡、民间造纸、邦东老街、邦东大雪山、邦东云海、澜沧江峡谷风光等。面对邦东优异的自然风光与人文资源,茶产业的发展可与旅游产业、文化产业相结合。但无论后来名称如何

曼岗村小学遗址。

云顶澜江，茶出邦东

茶石共生的曼岗古茶园。

60

变化，徐亚和都是根据邦东的地形地貌和茶石共生的环境特征，最先赋予形象概念的首倡者。

继石介茶之后，2014年，彩农茶的品牌创始人岩文提出了云南岩茶的概念。岩文认为，云南岩茶非常奇妙，奇于茶石相生，茶以石眠，石滋茶荫，花香浓郁，岩韵天成；妙在历经岁月沧桑，仍保持着古茶树的傲然风骨，散发出高雅脱俗的山野气象。而立足于邦东乡和马台乡的茶石共生的独特资源，可将云南岩茶打造成包括普洱茶、红茶、绿茶等在内的多茶类区域公共品牌，从而区别于武夷岩茶的单一茶类。

接着"智德鸿昌"的品牌创始人张广义，于2016年又提出了石生茶的概念，并聚焦邦东乡的曼岗村。张广义认为，所谓石生茶，就是从石头缝里长出来的古树茶，展现的是古茶树与石头的共生环境，以及在此地理环境下茶的稀有性和品质的独特性。

其实，无论是石介茶、云南岩茶还是石生茶的概念，所传达的都是以邦东为核心的茶石共生的独特的茶园地理地貌，代表了云南茶人、茶企对邦东古茶树资源的价值发现和文化传播。千百年来，人、茶、石就在邦东这块土地上相生相伴，从石头缝隙间生长出来的古茶树，已在无尽风雨中坚强地屹立了数百年。云海、岩石、古茶树共同成就了邦东茶石共生的茶园风貌，孕育出了普洱茶中独具风味的岩韵花香。也因此，经过十来年的推广，如今石生茶已经在茶界得到普遍关注，成为普洱茶爱好者认识邦东茶的主要标签。

第三章

邦东茶事
一山一韵

昔归种茶历史悠久,但昔归茶最早见诸文字却是在一九四八年由丘廷和编撰的《缅宁县志》:「种茶人户全县六七千户,邦东乡则蛮鹿、锡规尤特著,蛮鹿茶色味之佳,超过其他产茶区。」

第一节

昔归成名记

今天的昔归对于邦东茶区而言，就像老班章之于勐海，冰岛之于勐库，是标志性的存在，既无可替代，也无法撼动。甚至可以说，昔归凭借一己之力，将整个邦东茶区的知名度和市场地位提升了一个台阶。从数百年前走来的昔归古茶，在普洱茶复兴的当代，又是如何一步步成名，并跻身普洱茶的一线名山的呢？

昔归种茶历史悠久，但昔归茶最早见诸文字却是在1948年由丘廷和编撰的《缅宁县志》："种茶人户全县六七千户，邦东乡则蛮鹿、锡规尤特著，蛮鹿茶色味之佳，超过其他产茶区。"志书中所说的"蛮鹿"指的就是现在的忙麓山，"锡规"就是现在的昔归，这是史料中关于昔归茶的最早描述。可见，至少从民国年间起，昔归茶在当地已

整体搬迁前的昔归老寨,摄于 2012 年。(智德鸿昌|供图)

经颇具名气,成为享誉一方的名优茶品了。听当地的老人说,1970年前后,县里每年在昔归村收 100 公斤茶叶作为接待礼仪用茶,昔归茶还曾被亲切地称为"县委茶"。

昔归茶成名较早,在山头茶刚刚兴起的时候,昔归就已经破圈而出,一举成名,名气甚至一度在冰岛之上,领先于整个临沧茶产区。但作为邦东村下辖的一个村民小组,昔归实在是太小了,几乎没有人会为它详细地记录历史,哪怕是稗官野史中都很少有它的身影。好在昔归的成名不过才一二十年,那些亲历者们还都健在,我们还有机会从亲历者和当地人的记忆中去逐步还原昔归的成名历程。

从忙麓山古茶园沿着栈道往下走,来到澜沧江边的嘎里古渡旁,宽阔的江面上碧水蓝天交相辉映,高耸的昔归大桥从头顶跨过。江边有一间茅草屋颇为吸睛,草屋外的招旗在风中摇曳,上书"昔归客栈"。这是电影《昔归轶事》的取景地之一,也是昔归茶叶协会会长师尚明刚建成的民宿。民宿背后是雾语农民专业茶叶合作社,这是一个清洁、规范的集初制、精制于一体的茶叶合作社,也是临沧市级示范社。我们的昔归成名记,便从师尚明会长的创业故事开始。

师尚明:我就出生在忙麓山古茶园

1978年,师尚明出生在昔归的忙麓山上,目前是昔归茶叶协会的第二任会长。以前忙麓山上是有村落的,李、巴、许、郭、师姓等六七户人家曾在山上居住了几代人,直到20世纪70年代末"包产到户"的时候,山上的村民才搬迁到了昔归老寨,老寨以刀、阮二姓为

昔归茶叶协会第二任会长:师尚明。

主,刀姓一看就是傣族的大姓。现在的忙麓山还能依稀找到一些古老的土基房的墙脚,有片茶园至今还被大家称作"师家大碑茶园",料想可能与师尚明家祖上有些关联吧。

师尚明家祖祖辈辈都有茶园,也都有做茶。当然,在茶叶不值钱的年代里,做茶不过是他们繁重农活中的一小部分而已,而所做之茶,大部分用于换取一些生活物资,小部分则留着自己喝。一家人围着火塘,抓一把茶叶丢进土陶罐里,放在火上炙烤,直到烤出一点焦煳味,再往罐子里注入开水,只听"嗞"的一声,水在罐子里沸腾起来,一股浓浓的茶香满屋弥漫。这是云南最传统的饮茶方式——罐罐烤茶,而这缕沁人心脾的茶香,早已刻在了师尚明的记忆深处,那是属于童年的味觉记忆。

在茶叶统购统销时代,云南的茶叶生产中,供出口的红茶是占绝对比例的,而临沧更是红茶生产的主力军。不仅是"滇红之乡"凤庆县,几乎整个临沧的产茶区,都是以生产红茶为主。直到20世纪90年代中后期,茶叶市场彻底放开经营后,再加上普洱茶的复兴,晒青毛茶的生产才开始超过红茶,成为主流。所以,常有人说临沧做普洱茶没有根基,也不是完全没有根据的。那些10多年前来临沧收茶的茶商,回忆起来都说,早年想在临沧找几个手工炒茶的师傅都是非常困难的,找个技术好点的精制厂压饼更是难上加难。

但昔归稍有例外,在昔归做晒青茶的历史相对更悠久。据师尚明介绍,1979年,实行家庭联产承包责任制(俗称"包产到户")以后,给每家每户分配了茶园,大家就开始做晒青茶了。而此前在集体经济时代,做的都是红茶,农户交鲜叶给生产队,生产队用机器集中生产红茶。在很长的历史时期,红茶都是云南出口创汇的主力农产品。既然是国际贸易的产品,自然是有一定的生产和质量标准,必须进行相对统一的标准化加工。自1939年,中国茶叶公司派遣范和钧、张石城到佛海（今勐海）创建佛海茶厂，派遣冯绍裘到顺宁（今凤庆）创建顺宁茶厂开始，云南茶业就开始了现代化的进程，"现代化"最直接的标志就是用机器生产茶叶（红茶）。

而包产到户后，农户没有机器，不具备做红茶的条件，只能做手工晒青茶。晒青茶的制作工艺相对原始粗放，但这份"落后"在走进21世纪以后却成了一种"幸运"。晒青最大程度保留了茶叶中的内含物质，即使历经几十年的时光雕琢，还能转化出醇和厚重的滋味来，让普洱茶"越陈越香"的特异性被不断发掘、传播，最终成为普洱茶的核心价值。同时，在工业化、信息化高速发展的时代，回归自然、返璞归真的生活方式，反而成为都市人的向往。所以，远离工业污染的古茶园，原生态、纯天然的普洱茶也很快俘获了现代人的心，让普洱茶在六大茶类中不仅特立独行还无可取代，更成了云南的一张靓丽名片。

昔归茶的名气也是在这样的时代背景下被不断推高的。可是，在师尚明年少的记忆里，自家的昔归茶总要比别处的茶价格低一些，而且还总被别人挑剔说"难瞧"。父母每次采茶回来用炒菜的锅洗洗后再炒茶叶，炒完揉一下，就摊在筛笆上放到院子或者屋檐上去晒，晒干的茶叶装袋后就挂在房梁上，被火塘上的烟熏着也没办法，有时候天气不好晒不干，也只能放在家里用火烤干。想想现在市场流行的"烟韵茶"，这烟味从何而来也就了然了。

那时，昔归村民几乎一年只卖一次茶叶，都是把茶叶攒到年底才背到集市上卖，要么卖给供销社换点粮票、布票、盐票，要么在集市上卖点钱换些简单的生活用品。师尚明至今还记得5岁那年，正临近1984年的春节，父母把攒了一年的茶叶拢在一起，用麻布袋装了几大袋，差不多有200多斤，准备挑到邦东街的坡头集市去卖。他们凌晨 3 点就要起来赶路，父母各挑着一担茶叶，带着 2 个孩子，走了两三个小时，天亮了才走到邦东街子上。茶叶卖了不到 200 块钱，算下来每斤不到 1 块钱。妈妈给他们姐弟俩都买了过年的新衣裳，还特意买了一包糖，用姐姐的书包装得满满的。他和姐姐嘴里都含着一颗糖，高高兴兴地回家了。那一年的记忆终究是甜蜜的。

昔归茶每斤 1 块钱左右的价格，从 20 世纪 80 年代一直维持到 1996 年。师尚明清楚地记得，1996 年昔归的茶价涨到了 2.5 元/斤，而此时周围茶山的茶价已经是每斤三四元了。这 10 年才翻一倍的茶价，与现在的昔归茶价格相比，简直是匪夷所思！或许这还得感谢 1996 年，普洱茶彻底结束统购统销的计划经济吧，但改革的春风吹到这隐匿在大山里的邦东，还得要些时日。

邦东山中采茶乐。（云上森然 | 供图）

直到 2002 年，昔归茶的价格不过 8~10 元 / 斤。这一年，24 岁的师尚明，初中毕业后在家务农几年，他完全看不到这面朝黄土背朝天的日子有何希望可言，于是他扔掉锄头，坐上了去昆明的班车。一路上他对未知的打工生涯有着诸多美好的憧憬，但是没有学历、没有技术的他来到省城，很快被现实啪啪打脸。他一直住在同在昆明打工的姐姐家，亏得是亲姐姐，竟然无怨无悔地养了他大半年。眼看求职无望，师尚明只得置办了一套烧烤工具，推到昆明市中心的夜市摊上卖起了烧烤，一卖就卖了一年多。可没想到就在这烧烤摊上，他遇到了自己的第一位贵人——一位韩国商人陈立。

2004 年，师尚明回昔归过完春节后准备返城务工，临走时他抓了几把家里做的茶叶装了一塑料袋带着上昆明。他每日受着烧烤摊上的烟熏火燎，泡杯茶喝，身体确实能感觉清爽些。一天晚上，师尚明的烧烤摊上来了位韩国客人，他便端了一杯泡好的茶水给客人喝。韩国人一边吃着烧烤一边喝着茶，有一搭没一搭地和师尚明攀谈起来。对方汉语不太好，但勉强能沟通。交谈中师尚明得知他的中文名叫陈立，来昆明做木耳生意。陈立也得知师尚明家在临沧，家里有茶园，这茶叶就是他们自家产的。或许是觉得茶好喝，陈立便随口说了句："你别卖烧烤了，回家做茶吧！"当时，师尚明听了也只是笑笑。

后来，陈立每次来昆明，都会去师尚明的烧烤摊上吃夜宵。一来二去，两人也熟了。见陈立对茶叶感兴趣，师尚明每年回家都会多带一塑料袋茶叶回昆明，送给陈立让他带些回韩国，这份简单而淳朴的跨国友情维系了两三年。时间来到 2007 年初，陈立又找到师尚明，拿了 2 万元钱给他作为定金，请他回昔归帮自己做一些普洱茶，并且要求压成饼，用绵纸包装。师尚明第一次收到那么大一笔钱，还是一位外国友人给的，心里多少有些激动和忐忑。虽然家里有茶园，可师尚明还从来没有独立做过茶叶生意呢，还要加工生产，着实有些没底。

邦东古茶园。

但是,机会就摆在眼前,又怎能轻易放过呢?于是师尚明收了定金,等到春茶准备采摘的时候,就收掉烧烤摊回了昔归。

2007年,对于经历过那个年份的做普洱茶的人,无疑是心中的一片逆鳞。这一年普洱茶市场迎来了第一个小高潮,昔归的春茶价格一下子破天荒地飙到了每斤200元左右,而此前多年间价格都是在每斤几十元的区间内缓慢增长。尽管2007年的昔归茶价到达了历史新高,但是横向对比其他一线茶山,比如老班章2007年的收购价已经到了400~500元/公斤,所以昔归茶还是大器晚成的。

此时,师尚明的心中也燃起了经营茶叶的火种,原来祖祖辈辈守着的茶园,有一天也可以创造那么多财富。然而,后面的事情大家都知道了,这个小高潮没有持续多久,下半年普洱茶市场就崩盘了。到2007年年底,昔归茶的价格跌到75元/斤,师尚明感觉这是个抄底捡漏的好机会,便一咬牙把昔归大部分滞销的茶叶收了。韩国人的定金哪里够,他拿出自己的积蓄,又找亲戚朋友借了些才勉强凑够。

茶收来了，但按客户要求压饼又成了个问题，邦东乡历史上都是以毛茶生产为主，不管青毛茶还是红毛茶，都是运到临翔区或者外地精制加工，邦东本地的精制厂寥寥无几。无奈之下，师尚明到处托人帮忙才定制了几个压茶的石模，准备人工压饼。谁知这人工压饼效率这么低，一个人一天才压几十斤，压好的茶没有包装纸，就用邦东当地的手工绵纸包上，只写上压制时间。

师尚明这批昔归茶，经过了旷日持久的人工压制也没有压完，但是韩国客户总共只买了几百公斤。剩下的茶被雨淋湿扔掉些，被老鼠做窝又扔掉些，后来陆陆续续卖掉些。尽管最后算下来师尚明的这第一桶金赚得不多，但终归是开启了他的茶路人生。

熬过普洱茶市场短暂的低潮期，到2010年以后，随着"山头古树纯料"概念的兴起，昔归茶因其极具辨识度的风味特色和独特的生态环境，很快受到了全国各地茶友的青睐，名气大增，越来越多的茶友、茶商慕名而来寻茶、制茶。也是从2010年开始，昔归忙麓山的春茶价格几乎没有低于过四位数，迅速跻身一线茶山之列。加之互联网、自媒体的迅速发展，昔归茶的成名之路更是有种青云直上的感觉。到2021年，昔归古树春茶价格直接破万，成为名副其实的普洱茶明星产区。而师尚明不仅一路见证着昔归的变迁，同时他的茶路人生也是昔归本地茶农的一个缩影。

2012年，师尚明注册了昔归第一个合作社——雾语农民专业茶叶合作社，他算是全村第一个"吃螃蟹"的人。师尚明组织村里的茶农把鲜叶交到合作社，合作社组织专业制茶师傅负责统一加工生产，又不断开拓销售渠道。在山头古树纯料市场崛起的机遇下，作为拥有茶山资源的茶农，师尚明的生意也算做得顺风顺水，合作社的生产规模越来越大。

2013年3月28日,由临翔区政府发起组建了"昔归茶叶协会",由苏其良任创会会长,师尚明先是任协会秘书长,2016年开始任第二任会长。昔归茶叶协会的任务主要是规范昔归村的茶园管理、初制、销售等各个环节的操作。比如:制定相关村规民约,规范茶园管理,不允许施用化肥、打农药,严控昔归茶造假行为等。

随着昔归茶的价格年年攀升,一些不法商贩从外地拉茶叶来昔归,车子停留一会,或者掺一点昔归茶进去,出去就把自己的茶卖出了昔归茶的价格,这种做法不仅扰乱市场,也影响昔归茶的声誉,这也是很多知名茶山的痛点。为此,昔归茶叶协会成立了流动执勤组,在进昔归的路上设堵卡点,检查过往车辆,规定茶叶只能出不能进,一旦发现有外地茶叶混入昔归,直接将其焚烧,绝不留情。很多一线茶山至今还在严格执行这一防范措施。

2022年,电影《昔归轶事》开拍,由临翔区委宣传部和昆明森翔文化传播有限公司联合拍摄。影片深度展示昔归优美的风景画卷、独特的民风茶俗、厚重的人文历史,深度呈现人物的命运、精细刻画人物的性格、彰显时代的印记。知道《昔归轶事》要在昔归拍摄后,师尚明积极参与了筹拍工作,搭建摄影棚和实景、建"昔归客栈"、

师尚明制作的昔归团茶。

澜沧江畔的昔归客栈。

云韵澜江 茶出邦东

修复嘎里古渡遗址。作为昔归制茶人,他想以实际行动为昔归茶的传承与发展做点贡献。他希望通过这部电影,有越来越多的人走进昔归、认识昔归、了解昔归。

　　一片叶子,致富一方百姓。随着昔归茶价格的节节攀升,富裕起来的昔归村民已经基本不种庄稼,全靠卖茶叶生活了。一到采茶季,对面秀山的采茶工人每天早上坐渡船过来,采完茶后在下午6点多又坐渡船回去。坐在师尚明的茶室里,便能望见嘎里古渡上每天来来往往的渡船,以及随风飘扬的"昔归客栈"招旗,这里已经成为昔归的新晋网红打卡点了。住在昔归客栈,品着昔归茶,闻着昔归茶香,听着澜沧江的潺潺水声入睡,这才算是玩转昔归了吧。

徐亚和：昔归的成名是自然而然的

在云南省知名茶叶专家徐亚和老师的视角中，昔归的成名也有着和师尚明的经历相似的轨迹。20世纪90年代，徐亚和还在临沧农校当老师，他记得最早去邦东是在1991年的时候，他到邦东乡为学生联系毕业前的实习基地。当时考察的是邦包初制所，这个建于1958年的初制所，是邦东最老的茶叶加工点之一。那时，徐亚和负责临沧农校校办企业女儿绿茶厂，邦东也是茶厂的原料基地之一。彼时，从临沧城区到邦东，每天只有一趟班车，雨季泥滑路烂，晴天尘土飞扬，60多公里的山路来去一趟，非常的不容易。

徐亚和真正开始关注昔归茶是在1996年。这一年，原临沧县茶厂总工程师杨兆飞退休后，被聘到女儿绿茶厂。徐亚和问杨兆飞，临沧最好的茶产自哪里？杨兆飞回答说是忙麓山。当时的昔归茶还叫忙麓茶，而昔归村就位于忙麓山脚下。机缘巧合下，杨兆飞带着徐亚和第一次来到了昔归。直到2006年，昔归茶的价值才真正被茶界人士发现，此前只有少数老茶人才知道昔归茶。昔归茶因为条形不好看，大多与其他的邦东茶混在一起卖，并未单列出来。

2006年4月30日—5月4日，中国临沧首届茶文化博览会在临沧召开。徐亚和带着他刚出版的新书《解读普洱》参加了这次博览会，并举行了首发和签名售书活动。博览会期间，几位在临沧做原料生意的朋友，拿着昔归茶的茶样找到参展的徐亚和，说有一吨多的昔归茶原料，对方要32元/斤，他们认为价格高了，想还价到26元/斤。这时候的普洱茶市场，势头已起，徐亚和劝几位朋友说不要犹豫了，能讲就讲到30元/斤，实在不行的话32元/斤拿下也行，赶紧把这批昔归茶买下来。没想到几位朋友没及时去收，等茶博会开完，这批原料就已经涨到了60元/斤。

左图：徐亚和老师在石生古树茶论坛上发言。
右图：徐亚和编著的《云南名木古树茶 石介茶》封面。

徐亚和认为，中国临沧首届茶文化博览会的召开是个拐点，成为昔归茶崛起之策源地。他回忆说，当时前来参加茶博会的外地茶商很多，这些对普洱茶产区几乎一无所知的外地客商，会向当地做茶的茶人打听临沧什么地方的茶好。包括徐亚和在内的许多茶人，就会向他们推荐昔归等名优产区，使得昔归茶的名气在茶博会期间就传开了。此后，昔归茶的价格年年攀高，优异的品质推动着名气的响亮，名气的响亮推动着价格的上涨，价格的上涨又继续推动着名气的上升……

2013年，徐亚和出版了《云南名木古树茶——石介茶》一书，将整个邦东茶区包括昔归在内的，茶石共生的茶园地貌中出产之茶统一冠以"石介茶"之名。徐亚和在该书的序言中写道："把一个茶纳入千年茶文化经典经验里去检验、纳入现代茶学体系中去咀嚼，用严谨的态度，奉献出高质量的茶和茶文化作品……这就是我倾尽30年所学，研发和写作《石介茶》的初衷。"该书出版后，曾在各大媒体、茶事活动中大力传播和推广，对昔归的进一步成名也起到了助推作用。

昔归的成名，让茶界人士意识到邦东是一个优质的茶产区。随着越来越多做茶人的到来，邦东茶深厚的历史底蕴、绚丽的民族文化、优异的资源禀赋被不断挖掘出来。分布在G323国道两侧，以茶石共生景观闻名的曼岗古茶园，因交通便利，很快就被来到邦东的外地茶商们挖掘出来。随后是东南与昔归忙麓山相连，北与曼岗接壤的那罕，因风味类似昔归而开始出圈，进入人们的视野。昔归、曼岗、那罕构建起来的三角，成为邦东茶产区蓬勃发展的稳定基石，被茶界称作"邦东三杰"。

在普洱茶市场复兴初期，还处在"产区市场"时代，市场上缺的是好的普洱茶产品，一旦某个小产区茶的品质和特色被发掘出来一经传播，并得到市场的公认，就很容易受到追捧，茶商也会蜂拥而至抢购原料，价格随之水涨船高。云南大部分明星山头的成名之路也是如此的路径和走向。

澜沧江夕照。

澜沧江集团：昔归茶的早期推手

昔归茶的成名除了其本身就具备的优良基因，早期的推手也非常重要。昔归是幸运的，因为它遇到了刘光汉。在昔归做茶的当地人，几乎无人不识刘光汉；就像在云南生活的人，几乎无人不知澜沧江一样。这里说的"澜沧江"不仅是指那条大河，还有"澜沧江啤酒"，这个在云南深入人心的啤酒品牌，曾多年"称霸"大大小小的烧烤摊、KTV，甚至是很多"80后"的少年记忆。"老板，整一打澜沧江！"当这句话甩出去时，那些少年豪情、意气风发也跟着甩到了空中。

就是这样一个知名的临沧本土酒业公司，却在2005年冲进了茶行业，以"澜沧江""原生茶"双品牌囊括了云南的绿茶、普洱茶、红茶系列产品。尤其是从2006年就上市的原生茶纯茶瓶装饮料，可谓是开创了零添加纯茶饮料的先河，比农夫山泉的东方树叶上市时间更早，而且至今仍在生产销售。

2023年5月，我们在临沧云县的澜沧江集团总部见到了董事长刘光汉先生。作为昔归茶的早期推手，他与澜沧江集团为昔归所做的贡献，至今还铭刻在很多昔归人心中。从1985年下海经商，到成功创立以啤酒、白酒、茶业三大主导产业，拥有数家公司的集团董事长，刘光汉一度是云南的知名优秀企业家。如今年逾70的他，谈起自己与茶的缘分，依然带着一丝甘甜的味觉记忆……

刘光汉是临沧市云县茶房乡人，茶房乡与邦东乡不过相隔几十公里，也是重要的产茶区。生长于茶山间的刘光汉第一次关于茶叶的深刻记忆是，小时候有一天和妈妈上山采茶，劳作了一天酷热难耐，连口水都没得喝的，他不停地和妈妈吵着说："我口渴，我要喝水！"妈妈忙着没有时间管他，就随口说了句："你渴么就先摘片茶叶放到

作者在云县澜沧江集团总部与刘光汉董事长交流。

嘴里嚼嚼。"他听了妈妈的话，摘了片嫩叶咀嚼起来，一开始是满口苦涩，他皱着眉头刚想吐出来，随后一股甘甜的津液从舌底冒了出来，滋润了干燥的口腔。接着妈妈和他说："你要还觉得渴就去山箐里接点山泉水喝。"他立马循着妈妈手指的方向找到了山泉水，用手捧了一捧水就往嘴里灌。此时，嘴里的甘甜、清凉感也如泉涌一般，将一天的酷热与疲劳完全消除了。这嚼完茶叶再喝凉水的凉爽舒适感，从此深深地烙在了刘光汉的记忆中，这也是他最早研发原叶茶饮料的灵感来源。用鲜茶叶萃取出来的茶汁加上山泉水做出来的茶饮料，没有任何添加剂，原产地、原生态、原汁原味。

刘光汉关于昔归最早的印象，也来自童年时代父亲围着火塘讲的故事："……昔归有个嘎里古渡口，过了渡口就是镇沅，马帮驮着茶过江去镇沅驮盐巴回来，顺着昔归梁子上来，大家都说忙麓山茶好，马帮的赶马人就把羊毛头套脱下来，一边赶马一边沿着忙麓山采茶叶，一路走到坡头，摘得满满一捧茶，晚上在茶马驿站住下来后，就用做饭的锅炒一炒、揉一揉，第二天在太阳底下晒干。说那个茶相当好吃、相当经泡……"这是刘光汉对昔归、忙麓山最早的记忆。但第一次喝到昔归茶，则是1965年他刚参加工作的时候，在云县县委宣传部跟着单位的山区工作队到了涌宝公社水平大队洼子村后，他住在队长家。队长家在昔归有亲戚，给他送了些忙麓山茶，那些日子队长几乎每天都给他泡忙麓山茶喝，还是用土茶罐烤的"百抖茶"，他喝了觉得确实好，从此，"忙麓山茶好喝"这个标签也一直贴在了他的脑海里。

直到2004年，澜沧江集团投资2.5亿元，成立临沧澜沧江茶业有限公司（以下简称"澜沧江茶业"），高起点切入茶叶产业，建成年产10万吨的原生茶饮料生产线，5000吨普洱茶生产线，1800吨绿茶生产线，1200吨CTC红茶生产线。同时，集团创立了"原生茶"品牌，从源头开始布局茶产业。刘光汉首先想到的就是昔归，还有就

澜沧江原生茶2006年首批昔归茶产品。

澜沧江茶业生产的原叶茶饮品。

是同在邦东乡的那罕。那罕是曼岗行政村的一个村民小组,与云县大朝山镇的菖蒲塘村接壤,甚至那罕的一部分茶园也是云县人在管理。刘光汉说:"过去那罕的女人嫁到云县,还会陪嫁6亩茶园,所以那罕的很多茶园现在还是云县人在采。"有着这样的地缘亲近,刘光汉将昔归和那罕作为茶源考察的第一站。

那时候普洱茶的复兴刚刚开始,昔归茶还在价值洼地中长期徘徊,而刘光汉早就认定了昔归出好茶,考察的经历尽管道路难行,却充分印证了他对昔归的一切美好想象。为了确保茶叶源头品质,刘光汉毫不犹豫地决定在昔归、那罕租茶地。从2006年开始,他就数次派人去昔归,找到忙麓山各家古茶园的主人,一家一家地谈租地。大部分茶园被他租下,租地合同一签就是10年,刘光汉至今还记得,在昔归租的地花了95万元,在那罕租的地花了46万元。上忙麓山的路不好走,车子上不去,他就找人修通了从昔归老寨到忙麓山的车路,现在这条路还在使用中。那些年,尽管工作繁忙,但每年茶季刘光汉都喜欢去忙麓山的古茶园里走一走,看看那些古茶树,喝一喝当年的新茶。据当时的统计,刘光汉租下的忙麓山古茶园有古茶树36000多棵,全年茶叶产量(春、夏、秋茶)不超过8吨。

租下了茶地,从2006年开始,澜沧江茶业就相继推出了"原生普洱茶"系列产品,包括"茫绿山""娜罕兰韵"等经典产品("忙麓山"是近些年才约定俗成的统一写法,以前作为傣语音译也有写成"茫绿山"的)。可以说澜沧江茶业是最早大批量生产昔归纯料古树茶的企业,同时也是最早将"茫绿山"印在包装上的。在此之前,即使有人做过昔归茶,也不过是白棉纸盖个印章的非企业产品。

产品做出来了就得宣传推广、布局渠道，这对大企业来说都是水到渠成的事情，而且相比于小茶企，大型企业在宣传推广方面更有优势，力度更大、范围更广。借助澜沧江酒业之前多年积累的庞大经销体系，茶产品很快就流通到各级市场上。同时，澜沧江茶业还连续多年参加全国的各大茶叶展会，每次展会上都以"昔归味道"为主题，大力宣传昔归茶，让"昔归"这个名字很快就走进了全国茶友的心中，甚至还走进了人民大会堂，成为人民大会堂特供茶品。而外地的茶友对昔归茶感兴趣的，公司也会组织带领茶友到昔归茶园考察。或许很多茶友、茶商第一次认识昔归、走进昔归都与澜沧江茶业有关。

澜沧江茶业凭借着企业的一己之力，便将昔归茶推到了相当的高度。随着普洱茶市场的繁荣，尤其是山头古树茶市场的蓬勃兴旺，昔归茶迅速成名，成为一线茶山。作为早期推手，澜沧江茶业绝对是功不可没的，而昔归人也是记着这份恩情的。当日在昔归采访师尚明的时候，他便说起最早把昔归茶推起来的就是澜沧江茶业的刘光汉。我们也是循着这条线索，一路前往云县采访到了刘光汉。

我们临走之时，这位经历了商海沉浮的古稀老人，送了我们一首他写的诗——《昔归茶》，字字句句都是他对这片钟灵毓秀之地的挚爱：

昔归古树茶，又名忙麓山，面临澜沧江，嘎里码头旁，茶林近江边，红壤烂石上。乔木大叶种，铁杆银枝杈，白昼日照长，夜雾变露永，飘洒茶叶上。天地给灵气，自然助造化，茶气很厚重，香气沁醉人，杯后留余香，生津又止渴，口中久回甘。明清两时代，茶盐商贾客，经商过此地，顺手采制茶，凡饮昔归茶，异口同声赞，好茶好名声，世世代代传。

第二节 云南石生茶,曼岗大IP

在云南,很难再找到第二个像邦东曼岗这样的地方,以如此奇特的地理环境吸引着人们为它驻足。行走在曼岗茶园里,独特的地貌不禁让人连连惊叹,大面积陡峭的坡地上,随处可见巨大的花岗岩石散落其间,留下的空地并不多,唯有生命力顽强的遒劲古茶树,从一块块巨石的缝隙中萌发出繁茂的枝叶,在这片万石成林的土地上恣意生长。看到这样的风景,我脑海中开始了无限的遐想。数百年来,这些古茶树一直吸纳着邦东大雪山的清风明月、阳光雨露、晨雾暮云、花木芬芳。最重要的是,这些在风化岩土中孕育的丰富营养物质,通过茶树的根茎一点点地注入茶叶的每一个细胞之中。

相信对于每一位爱茶之人来说,只要见过这石茶共生的曼岗古茶

群山环抱、云雾缭绕的邦东。

园,一定会对曼岗茶的滋味充满了想象与期待:在临沧邦东大雪山大产区的加持下,再加上独特的地质环境,是不是会让曼岗出产的茶具备独一无二的风味口感呢?

2007年,有一位爱茶人来到曼岗时,也产生了同样的疑问,并在接下来的时间里亲自寻找答案。在解答这个问题的过程中,他也愈发笃定,曼岗就是一个出产独特风味普洱茶的小微产区。因此,他坚定地选择扎根在曼岗,并为曼岗茶定名为"石生茶",希望曼岗茶的独特魅力能被越来越多的人熟知,他就是智德鸿昌的品牌创始人张广义。

张广义是贵州威宁人,而与临沧这片土地命运相连或许是冥冥之中注定的。2000 年，曾在临沧当兵的张广义退伍后到了昆明，进入了临沧云县茶房乡刘家坡茶厂的昆明经营部工作，主营蒸酶绿茶。可以说，他进入茶行业的第一步，就是从临沧茶开始的。

剪不断的临沧茶缘

2007 年，普洱茶行业经历了令人记忆深刻的一次市场调整，随即行业的目光开始转向了分布于云南各个茶区的山头古树茶。也是在那一年，张广义在临沧刘家坡茶厂与几位茶人交流的过程中得知临沧的昔归茶很不错，就计划与朋友结伴到昔归去看茶。

那时从云县前往昔归还只有颠簸的山路，从茶房乡出发，得从大朝山西镇方向经菖蒲塘村到曼岗村后，才能最终抵达昔归。张广义去的时候，还在修路，只能一路走走停停，总共花了四五个小时才到达目的地。但正是因为这样的机缘，张广义在一路堵车慢行的过程中，看到了位于国道两侧的曼岗古茶园，看着连片的古茶园中尽是巨大的岩石，而茶树就如同从岩石上长出来一般，而且外表看上去是如此粗壮有力，这让他非常的惊喜，这不就是陆羽笔下"上者生烂石……"的现实写照吗？从此，曼岗在他的心底埋下了一颗种子，只待发芽。

张广义与茶接触多年，对云南茶情有独钟，一直希望能够创立一个有特色的普洱茶品牌。2008 年前后，即使在普洱茶行业暂时不太景气的大背景下，他仍看好普洱茶的未来，并开始系统地行走茶山、寻茶问道，为开拓自己的普洱茶事业做准备。在近两年的时间内，张广义把临沧、普洱、西双版纳的茶山走了个遍，也在各个山头都做了少量山头茶进行尝试，但却没有找到第二个地方能像独具特色的曼岗

茶石共生,是曼岗古茶园的一大特色。

那样抓住他的心。他的心底依旧忘不了那个石茶共生的曼岗茶园。所以他游历一圈后,最终还是回到了曼岗,并开始细细考察曼岗的古茶园,看是否有让自己的事业在曼岗起步的可能。

经过一番考察后他发现,整个曼岗村几乎没有初制所,茶农都是自己在家加工后再背到邦东街上或者云县菖蒲塘村去卖,而且彼时的曼岗茶区还并不为大多数人所知。与此同时,张广义查阅了大量资料,并对曼岗周边的自然环境及其生长在岩石上的曼岗茶进行了初步研究。他了解到,曼岗在当地语言中的意思就是"石头上的寨子",足以说明岩石与植被共生的自然地貌由来已久。在对岩石进行取样研究后,他发现散落在曼岗茶山上的岩石,多数都是花岗岩,古茶树与之共生,具备了来自岩石的独特风味。张广义还找茶农买了些曼岗茶进行试制,发现茶汤冲泡后前段呈现出兰香、蜜香,尾韵最为独特,有一种来自石生环境的特别韵味,与其他普洱茶产品相比特点鲜明。

经过了深入的研究，张广义坚定了自己扎根曼岗做茶的决心和信心，不仅是因为看到曼岗独特的自然环境和优质的茶树资源，也更因为这个还不出名的优质小茶区，非常适合一个新兴企业在那里耕耘。因此，2011年张广义注册了"智德鸿昌"品牌，并于2012年在曼岗投资建厂，成为当地第一家具有完备资质且能规范生产的茶厂。张广义从此开始了在曼岗的不懈耕耘。

石头上的守茶人

张广义自称"石头上的守茶人"，大有一种要和这些石头死磕到底的决心。为了把曼岗这一特色茶区的茶产品更好地呈现出来并传播到更广阔的市场，张广义设计产品的同时，还从科学研究、工艺提升、IP打造等几个方面入手，将曼岗这一小产区普洱茶以"云南石生茶"的整体概念推向市场。

从建厂生产至今，张广义对曼岗当地的风土和茶叶原料进行了持续不断的研究，他也与科研机构及院校合作，从数据层面上更深入了解石生茶的特性。他发现，孕育曼岗古树茶的土地基底是花岗岩加红壤，非常适合古茶树的茁壮生长以及丰富内含物质的形成。2022年，他在与云南农业大学教授李家华的合作研究中，经过土壤和茶叶的内含成分分析后发现，曼岗以及周边的那罕茶园的古树茶，水浸出物在

石头上的守茶人：张广义。

47% 以上，有的甚至超过 50%，远远高于其他普通茶区 30%~45% 的水准，其中的多糖类物质也比其他产区的茶叶高。而且在曼岗生长的茶树品种十分多样，除了主要的邦东大叶种外，还有七八个品种在其中混生。

与茶树共生的大石头，不仅能够给茶树生长提供更多的矿物质，形成独特的岩韵滋味。这些花岗岩还为古茶树提供了保护，在茶树生长过程中，即使遇到干旱的天气，岩石能帮助土壤留住水分，让古茶树在干旱的季节依然坚挺。再加上曼岗自身生态环境天生优越，植被茂密，水土丰盈，这些都为曼岗茶形成优厚的品质和风味奠定了基础。

有了这些原料基础，在茶叶加工工艺方面张广义也进行了细致的管理与提升。在推出第一批产品之前，张广义几乎用了一年的时间来实验、探索各个工艺细节，从传统工艺中汲取经验，从小批量开始尝试，并开放初制所，欢迎茶农们一起来探讨，最终逐渐形成了一种最能将曼岗茶的风味特点凸显出来的工艺。除了普洱生茶，在熟茶方面，张广义针对曼岗石生茶的原料特点，探索出了较为适宜的选料标准和发酵工艺，并坚持将自己的熟茶产品全部选用曼岗石生茶原料来制作。

在此工艺下生产的曼岗石生茶，在口味上也彰显了其独特的个性。

智德鸿昌曼岗初制所。

制成的普洱生茶产品除了有持久的岩韵花香风味外，由特殊风土条件带来的含量相对高的氨基酸让其鲜爽感更明显，其他内含物质也十分丰富，滋味很足。近年来，张广义逐渐发现，曼岗茶的转化潜力也很强，大约5年，就可以转化出蜜香更浓、曼岗韵更显得优势风味了。

有了前期科学研究的支撑以及成熟产品的打造，张广义更加坚定了将曼岗石生茶作为企业主力产品的理念。后来，他慢慢有了一种责任感，希望在打造自己品牌的同时，为曼岗的石生古树茶以及邦东周边的石生茶产区创造一个更广阔的发展平台。因此，张广义在几年前就开始构建"云南石生茶""曼岗石生古树茶"这些IP，并花了很大的精力定期举办"云南石生古树茶高峰论坛"，邀请普洱茶界的专家学者一起探讨云南石生茶、曼岗石生古树茶的价值。通过论坛的讨论与分享，为这些IP进行更多维度的构建，让石生古树茶的概念深入人心。更可贵的是，张广义还希望这一IP能够更加开放包容，他希望"云南石生茶"成为一个开放式的共享平台和一个公众性的符号，只要是按照传统普洱茶加工工艺来制作、产地属于石生茶产区的产品，都可以获得授权免费使用"云南石生茶"这个品牌。他希望能够与更多有实力的茶企展开战略合作，共同做大"云南石生茶"的市场影响。

经过十来年的推广，如今"云南石生茶"已经在茶界得到普遍关注，曼岗这一过去名不见经传的小产区，也走上了自己的成名之路，与昔归、那罕2个名产区并称为"邦东三杰"，成了普洱茶爱好者们认识邦东茶、了解邦东味不可忽略的地方。

（智德鸿昌｜本节供图）

第三节 昔归之顶,邦东之巅

邦东三杰——昔归、那罕、曼岗,同在一条山脊上,三片古茶园的核心区相距都不超过10公里,但是他们的海拔高差却有着数百米。从最低海拔700多米的昔归古茶园,到曼岗海拔最高1700多米的一片古茶园,海拔高差达上千米。这1000米,放在中东部地区,都是一座巍峨的高山了,在邦东却只隔着一个村。

"高山云雾出好茶"是古代先民在长期的生产实践中得出的经验总结,也是有着科学根据的。首先,高山地区的气候条件对茶树的生长非常有利,一般海拔高的地方昼夜温差较大,有助于茶叶中营养成分,尤其是可溶性糖类物质的积累和形成;其次,高山地区的土壤通

荣马茶厂在昔顶古茶园建的观云亭,成为茶友们的打卡新地标。

常比较肥沃,富含多种矿物质和微量元素,这些营养物质对茶叶品质的形成起着重要作用;第三,高山云雾还为茶树的生长提供了保护,云雾能够遮挡强烈的阳光,减轻茶叶受到的光照强度,防止茶叶受到过多的紫外线的伤害。

"高山""云雾""好茶"则是邦东最具代表性的3个标签,在昔归之顶,邦东之巅,有一片高海拔的古茶园,被命名为"昔顶古茶园"。这里生态极佳、风光绝美,因海拔高差呈现出独特的风味,也因一次美丽的邂逅,开始了一段互相成就的故事……

"昔顶"缘起——
王国松：扎根邦东原产地，寻找优质茶资源

王国松自2006年进入茶行业，从淘宝起家，一步步走向山头古树茶丰富而纷繁的世界，走遍千山万水，易武始终是他心中挚爱。当然，易武也是很多人的挚爱，尤其是易武的小微产区，人们为了争夺顶级原料，每年都在上演着没有硝烟的战争。纵观10多年来山头古树茶的发展，有一个规律就是：山头名气越大茶叶价格越高，价格逐年高升，品质有时反而还会下降。王国松做茶10多年，曾经带火过不少原本不知名的小山头，但是最后的结果往往是因为价格飙升而让自己变得被动。所以，这就倒逼着王国松要不断地寻找和开发新的优质普洱茶产区。

多年前的一天，一位同在茶叶市场开店的朋友拿了一片老茶来王国松店里喝，也没说是哪的茶，只有白棉纸包装，上面什么信息都没有。茶的条形较黑长，从外观上看有点像易武茶。开汤冲泡、细品了几杯后，王国松心中依旧坚持自己最初的判断，尤其是喝到中后段，茶汤完美呈现出易武茶的细腻柔滑感。他就问朋友："这是不是老的易武茶？"对方说："不是，这是邦东的茶。"但他也没有具体说是邦东哪里的。王国松有点惊讶，居然还有这么像

观云亭中，煮水品茶，别有一番风味。

荣马茶业董事长：王国松。

易武茶的产区！他当下就把"邦东"这个名字记下了。那时候，昔归才刚刚有点名气，很多即使做普洱茶的人，也只知昔归而不知邦东。

后来，王国松喝到迎新老师的"惠风饮"这款茶，觉得甜度很好，还有点像冰岛茶，得知也是邦东茶之后，他便对邦东有了些许好感。此前他从来没有想过把临沧茶纳入自己的经营范围，只是易武总是让他在爱与痛的边缘徘徊。那几年，他在易武投入了太多的资金、精力、资源，但逐年攀升的茶价让他想要去寻找一些与易武风格口感相近的茶作为"平替"。

2013年秋天，王国松决定带着团队去临沧的各个茶山走走看看，因多年耕耘西双版纳和普洱两个茶区，对于临沧，他还是相对陌生的。第一站就是早已在心中埋下种子的"邦东"。那天，他们从临翔区出发，顺着 G323 国道来到邦东乡曼岗村附近，山路崎岖，他们一路颠簸了好几个小时，又热又累、口干舌燥，正想找个地方休息一下，突然看到路边有个茅草屋顶的小亭子有点别致，里面是个茶室，门口写着"普鑫茶庄"。王国松一转方向盘就把车停在了茶庄门口的空地上，他下车走进茶室，看见里面有一个黝黑而精瘦的男子坐在茶台前，就问："有没有茶喝？"男子热情地招呼说："有呢，有呢，进来喝茶！"王国松刚一落座，扭头就看到对面的山上，大片的云正静静地悬停在山顶上方，太阳照射下来，云的影子在山顶铺开，山脚下就是澜沧江。此时，他脑海里突然冒出了"云起沧江"这几个字。

交流中得知黑瘦男子名叫普朝刚，是邦东乡曼岗村大箐队的，王国松就请他泡一泡自家茶地的茶来喝。泡的是当年新做的秋茶，王国松一喝就感觉这泡茶的口感似曾相识，与记忆中的某些味道链接上了，它有像易武茶的底蕴，又有像冰岛一样的甜度，还有像昔归一样的回甘。能在这尘土飞扬的国道边，喝到这样一泡令人印象深刻的茶，真是太惊喜了。

王国松当下就问普朝刚能不能去看看他们家的茶地，普朝刚连连答应，并开着皮卡车带王国松他们去自家茶地。上山的路走过一小截国道后，就是狭窄崎岖的土路了，非常难行。一路往上，海拔越来越高，一看海拔仪已经超过 1700 米了。下车又走了一段山路，成片的古茶园便出现在眼前，每一棵树干都比碗口还粗，树幅巨大，长势良好，茶园背后就是茂密的森林，生态环境极佳。有着多年做茶经验的王国松，看着这茶园的生态和茶树的生长状态，就知道这里是出好茶的地方了。下山之后，他二话不说就把普朝刚家 300 多公斤秋茶全部买了下来，并互相留了联系方式，约好明年再见。

荣马茶厂厂长：普朝刚。

"昔顶"缘起——普朝刚：茶路上偶遇贵人

2013年，是普朝刚开始做茶的第一年，虽然从小生在曼岗，看着古茶树长大，但是"80后"的普朝刚从来不觉得这些茶树和致富有什么关系。他记得小时候和妈妈采了鲜叶要走几个小时山路，背到云县大朝山西镇的菖蒲塘村去卖，一斤鲜叶才几毛钱，一次能卖几块钱就不错了。到他读小学的时候，常常是上午上完课，下午老师就带着同学们去茶园里采茶赚班费，一个班几十个学生采一下午，能赚到百来块钱。那时候，村子里没有初制所，采的鲜叶只能在家里用炒菜的锅简单加工一下，晒干后拿到邦东街子上去换点米、盐巴、肉之类的生活物资。总之，守着满山茶树，却依旧贫穷的生活一直伴随普朝刚到成年。

18岁那年，普朝刚义无反顾地入伍了，在文山当了5年兵。他觉得那是他人生中最快乐的日子，部队训练的辛苦对在农村吃苦长大的孩子根本不算什么，反而他觉得在部队不仅衣食无忧，还能学到很多文化知识，以及做人做事的方法。当然，通过那5年的磨砺，军人应该有的坚毅和韧性也被刻到了普朝刚的骨子里。

2008年退伍后，普朝刚回到了家乡邦东，起初不知道自己能干啥，有点迷茫。刚好村里国道边有个小茶厂，因为前房主资不抵债，正在被信用社作为不良资产拍卖。他退伍的时候刚好有点补贴，就把茶厂买了下来。刚开始他甚至没想做茶，只是觉得在路边位置还不错，可以卖点饲料和太阳能热水器。

因为家里有茶地，妹妹和妹夫也会做点茶卖卖，请他帮忙跑跑市场。那年12月他去昆明玩，顺便带着两袋茶样去了雄达茶城，路过一家茶店，想进去推销一下。谁知店主看到他，不是拒之门外，而是推出门外。他尴尬地转身离开。那一年，昆明冬天的风格外寒冷，直

邦东大雪山上的山泉水滋养着昔顶古茶园。

往脖子里灌，他拐进另一条道，看到垃圾桶，毫不犹豫地把那两袋茶叶扔进了垃圾桶。从此普朝刚再不想做茶的事，没多久他就跟着朋友去贵州打工了。直到2013年，他的腿受了工伤后才再次回到邦东老家。

回到家后普朝刚再次陷入迷茫，回家做什么呢？家里有几十亩茶园，自己却不懂制茶，村子里的人只会把鲜叶卖到初制所。2013年夏天的某日，他背着一袋夏茶鲜叶到几家初制所卖，每斤两三块钱都没人肯收，再次让他颇受打击。他把茶叶背回家，和妈妈说想把这袋茶扔掉。妈妈觉得扔掉可惜，就让他去找舅舅帮帮忙。舅舅家也有个小初制所，可能舅舅是看在外甥的情分上，竟然还出了高价收了那袋茶叶。

经这一事，普朝刚觉得与其背着鲜叶到处求人买，不如自己做干毛茶卖，毕竟鲜叶放一天就废了，干茶做出来卖不掉可以存着。5年前自己不是买过一个小茶厂吗？第二天，他就决定把那个小茶厂用起来，自己做茶，不懂工艺可以找人学啊，又不是多难的事情。说干就干，他向初制所的师傅学习技术，如何摊晾、杀青、揉捻、干燥……很快就能独当一面，自己制茶了。他回忆，刚学做茶的时候也曾有过迷惑，经常听到很多声音，这个客户要这样做，那个客户要那样做，根本不知道到底该怎么做。他只能四处求学，去其他初制所找技术好的师傅请教、指导，自己慢慢摸索和调整初制工艺、不断积累实践经验。没多久，他已经是村子里的制茶能手了。

2013年的秋茶季，普朝刚把小茶厂收拾好了开始营业，他在门口搭了个茅草屋顶的亭子，挂上"普鑫茶庄"的招牌，摆上茶桌，打算坐在路边守株待兔。结果让他守来的第一位大客户王国松，第一次就把当年做的茶全买了。他庆幸之余，完全没有想到，这次美丽的邂逅，会在几年之后改变他的命运。

春季采茶忙。

茶山新秀,花落"昔顶":昔归之顶,邦东之巅

2013年王国松第一次收邦东茶,也没想好要怎么做,就把茶一直存在仓库里。到了2014年春茶季尾声,他惦记着和普朝刚的来年之约,在云县白莺山做完茶后便驱车又去了邦东,找普朝刚继续收了几百公斤春茶。云南的春天一般都是干旱少雨的,那天上山的时候天气还很好,结果下山的时候一阵黑云压过,接着就是电闪雷鸣、大雨滂沱。要知道,邦东的路况至今还会令不少老司机皱眉,何况是10年前。那天,王国松开的越野车前轮在暴雨中陷入了泥坑当中,无论怎么踩油门都出不来,普朝刚和爸爸两人冒着雨,扛着锄头,在车轮前挖坑,直到把坑挖平了,费了好一阵功夫才把深陷泥淖的车拯救了出来。车开出来后,王国松就感慨,看来是我们和这个地方

有缘啊，是老天要留我们，车不让我们走，人也不让我们走。当晚他们就在邦东住下，第二天又在曼岗的茶园走访了一下，对比品鉴了几个地块的茶。

王国松再次来到去年看过的那片高海拔茶园，高山云雾上、崇山峻岭间，远离村庄的古茶园里岩石遍布，古茶树们像一个个遗世独立的隐者，自由自在地在静谧的林间野蛮生长着。茶树粗壮，集中连片，枝繁叶茂，葱茏舒展。极目远眺，几片厚厚的云团正悬停在对面的山巅上，阳光洒下，只见天光云影共徘徊，山脚下的澜沧江奔流而过，昔归忙麓山尽收眼底。背后是巍峨的邦东大雪山展开双臂似母亲一般温柔的拥抱，脚下这片土地是邦东茶区海拔最高的古茶园，邦东之巅，昔归之顶，不就是——昔顶吗？

曼岗这片高海拔的茶园，茶叶在以曼岗茶为代表的主体风格上，不仅有十足的岩韵，而且山野气息更明显。甜，是它的主调，那是入口即来的甜，贯穿整个品饮过程；香，是它的复调，而且是溶于茶汤的汤香，新茶是扑面而来的浓郁花香，陈化一年后还会转化出一种清雅的花蜜香。经过反复品饮对比，王国松认为昔顶古茶园的茶在易武茶区香扬水柔的风格上，增添了一份来自邦东岩茶的硬朗；它不仅有三分冰岛甜韵，还有七分昔归的回甘，堪称曼岗的茶味之巅！当时，王国松只是隐约觉得这是一片值得开发的价值洼地，但究竟要怎样开发，似乎还在等待一个适合的时机。

手工杀青古树茶。

茶路因缘，相互成就：
买茶园、建茶厂、做善品

  大多数在云南做普洱茶尤其是山头茶的茶商，都会走进一个困局，就是原料资源都掌握在茶农手中，茶山名气越大，茶叶价格越高。且不论成本的问题，在资源为王、技术门槛低的山头茶领域，茶商的价值往往是被忽视的，甚至他们还会被看作只会"赚差价"的中间商。卖的茶好喝，是山头茶的品质好；茶不好，就是茶商个人的水平和诚信问题了。尤其是在信息透明、社交媒体发达的时代，茶农也很容易越过中间商，直接把茶卖给消费者。大家不理解茶商的价值，其实他们往往是带着资金、技术、经验和市场反馈上山做茶。一款好茶，原料与工艺是同等重要的，一个好的茶商，会将山头优质原料以最佳的工艺呈现，并与市场需求紧密结合。这种不被认可的情况，不仅是王国松近些年面临的困局和瓶颈，在整个普洱茶行业都是普遍存在的。

  在山头茶的领域，几乎是谁掌握资源谁就能掌握话语权，尤其是价格和数量方面。在一些核心的热门小产区，茶商求着茶农多分点原料是常有的事情。这往往会让一些茶商觉得很被动，为了在一定程度上打破这种被动的局面，一些茶商会选择找茶农直接租或者买茶地，虽然前期的投入会高一些，但是能够保障未来的产品不受原料价格涨幅的影响，且在工艺与产量等方面有稳定的输出。当然，这也会带来一个问题，就是在茶园管理上需要付出长期的成本和精力。所以，在买原料还是买茶地这个问题上王国松也会时常纠结。直到2017年的一天，普朝刚的一个电话让他决定迈出了买茶地的第一步。

  4年多的合作，让王国松和普朝刚成了彼此信任的合作伙伴。到后来，王国松根本都不用去邦东，只需在电话、微信里沟通确定当年采购的原料数量,让普朝刚做好了直接发货去昆明就行了。那天,普朝刚打电话给王国松,说家里需要用钱,想卖掉一块茶地,问他要不要买。王国松没有太多迟疑,在电话那头说了句:"好,我们过去看看。"

安排好手中的工作,王国松就带着团队再次踏上了去邦东的路。结果到了曼岗,正准备谈卖地的事情,普朝刚又说不想卖了。毕竟卖地一时爽,可以拿到一大笔钱,但是钱花完了,以后怎么办?普朝刚有此顾虑也可以理解。但是一想到兄弟这样信任自己,不能白白把他诓来一趟,于是他承诺去村子里寻访别家愿意卖茶地的,还真让他找到了。

品荣马金沱,感受邦东古茶风味。

王国松跟着茶农去了那块茶地,那是一块向阳坡的茶地,生长着的几乎都是树干粗壮的古茶树,硕大的花岗岩镶嵌在茶地中,这是曼岗优质茶地的标配。茶地背后就是郁郁葱葱的森林,云雾正在山间徘徊,一股清泉水从山间汩汩流淌下来。正值冬季,茶地里几棵冬樱花树上绯红的樱花正在盛放。此情此景,实在是太美了!王国松当即决定买下这块茶地,成为它终生的主人。

后来他在茶地上视野最开阔的地方搭建了个观景亭,可以远眺澜沧江和重峦叠嶂的群山与漫天舒卷的白云。呼吸着天然氧吧的芬芳空气,坐在亭子里布一套茶席,煮一壶山泉水,在水汽氤氲中,一边品邦东茶,一边享受"鸟鸣山更幽"的宁静。他将曼岗的几片高海拔茶园统一命名为"昔顶古茶园",寓意为海拔是昔归之顶,茶味是曼岗之巅。

从这片茶地开始,王国松开启了在曼岗茶区"买买买"的模式,几年时间竟然陆陆续续买了7块茶地,总共120多亩,而且都是拥有林权证的终生买断。买茶地是个高成本且几乎没有短期回报的事情,为了筹钱买地,他甚至不惜卖房子、卖股票,这一切的动力都源自他对昔顶古茶园未来价值的预判与认可。茶地买下来,面临的第一个问题就是茶园管理,天生天养古茶树原本并不需要太多人为干预,顶多采茶之前简单除除草,方便采摘。在古茶园施化肥、打农药是被明令禁止的,但是还有一个问题,就是之前有些茶农为了能让古茶树多发芽,会频繁翻土以及压肥。所谓压肥,就是在古茶树下埋一些羊粪、油枯之类的农家肥,虽然农家肥对茶园生态不会有太多破坏,但是会改变茶树吸收营养的方式,从而影响茶叶品质。压过肥的茶树产量大,发的芽条形肥壮,颜值的确很高,但是香气、滋味会变淡,甚至还有点干喉。

为了恢复茶树上百年来自然生长的状态,王国松对买下的茶地进行了为期3年的脱肥管理,不翻土、不压肥,并减少采摘。他记得脱肥的第二年,很多茶树不适应,不仅不发芽,还掉落了很多叶子,茂密的茶树一下子变得稀疏起来。但是经过3年的脱肥期后,古茶树又恢复了生态健康的生长状态,茶叶也逐渐回到了它原本的韵味。

鸟瞰荣马茶厂,如一只展翅翱翔的雄鹰。

荣马茶厂:最美云上茶厂

每天醒来,推窗见云海是怎样一种美妙的体验?在都市人眼中壮观的美景,在邦东却是常态。而同一时刻的云海,在海拔最低的昔归村和在海拔最高的昔顶又是完全不同的景观。在昔归看的是如坠云雾般的缥缈仙境,而昔顶则是云海之上的云潮汹涌。澜沧江面的雾气蒸腾,沿着山势攀爬而上,到海拔1700米以上便会稍作停留,直到午后,颇有龙抬头之势。一日之内,云海变幻万千,日出前,云天一色,漫无边际;日出时,浮光跃金,波光粼粼;日出后,金

昔顶古茶园中的单株大茶树。

色雪浪，光影斑斓……坐在云南荣马茶厂的茶空间里，静静地品着茶，这样的美景随时尽收眼底。

建于昔顶古茶园下的云南荣马茶厂，因地制宜地修在一个坡度的顶上，如果从空中俯瞰，它就像一只展翅高飞的雄鹰悬于云海之上的山巅，"荣马茶业"4个红色大字格外醒目。雄鹰伸展的双翅正是上千平方米的全玻璃顶的晾晒棚，鹰头的位置是一个宽大的露台，站在露台上眺望，由近及远都是成片的茶园，而云海升腾之时，只要伸出手，就能感受到云水从指缝间流淌而过的缥缈与清凉。露台连接的是全落地玻璃的茶空间,新中式原木风的整体设计,在这山野之中显得格外脱俗。从茶空间沿着石板出去,对面就是干净整洁的初制车间。无论是颜值、规模、产能还是设备的专业化程度,荣马茶厂目前在整个邦东乡都是数一数二的,被当地人誉为"最美云上茶厂"。

说起云南荣马茶业有限公司的成立,王国松觉得也是一个机缘,自从他2013年第一次来到昔顶古茶园后,冥冥之中就仿佛有一只无形的手在牵引着他来此扎根。2019年的一天,王国松接到了兄弟普朝刚的电话,他说自己与别人合作的初制所,合伙人在闹分家,要求他3天之内把所有股份买下。普朝刚想保住初制所,但又苦于拿不出钱来,走投无路之下,他又想起了昆明的兄弟王国松,几年下来的合作交往,二人已经情同手足。他问王国松能不能出资入股初制所。

王国松在电话里答应考虑一下,毕竟这不是随便买点茶的生意,一旦投入就是大笔资金,必须深思熟虑才能决定。在普洱茶市场摸爬滚打10多年,王国松不仅对茶山资源有着敏锐的嗅觉,对茶山的发展潜力也有着相对精准的预判,而且他一旦看准某个茶山,就会不遗余力地去推广。在过往的经验里,几乎只

石与茶生,茶与石长,相伴数百年。

要是他看好的山头，都能够很快被带火。对于昔顶，王国松一直是看好的，多年来他持续收购昔顶的原料，在每年对昔顶古茶的陈化品质对比中，他更加坚定了自己的判断：昔顶古树茶在后期转化很好，属于"潜力股"。既然如此，恰巧兄弟有难，自然该出手相助，他很快回复了普朝刚，人还未到就先打款过去为他解了燃眉之急。初制所的股份买下来后，王国松和普朝刚重组了资产，共同成立了云南荣马茶业有限公司，他们成了更加亲密的合作伙伴。现在的荣马茶厂在原来

荣马茶厂里文艺气息满满的茶室，开阔的露台是邦东云海的绝佳观赏点。

荣马茶厂茶室一角。

初制所的基础上，进行了大刀阔斧的改造、扩建和提升。

王国松有着多年的制茶经验，也合作过很多初制所，他深知不少初制所都会有这样或那样的缺陷。这个时候自己来建茶厂，就必须做好前期规划，尽量避免初制所可能存在的缺陷。并且还要严格制定生产过程的操作规范和品质标准，做出优质的产品，才能体现出此时建厂的价值和意义。

在茶厂建设期间，普朝刚当选了曼岗村的村支书，从而肩负起了振兴曼岗村经济的重担。他刚一上任村委会书记，就规划在全村安装路灯，要求村民打扫家庭和村子公共区域的卫生，提升了整个曼岗村的村容村貌；组织村民进行制茶、泡茶的培训……上任的第一年普朝刚就带领曼岗村的村民们创建了省级文明示范村。

历时一年多，荣马茶厂终于建设完成，于2022年春天正式投产使用。王国松把他10多年的制茶经验和对如何做好茶的理解，都融入茶厂的设计建造之中。此时的荣马茶厂已经是一个集初制所、民宿、观景台、休闲区于一体的"网红茶厂"了。这一年云南电视台开展了

荣马茶厂的清洁化、标准化初制车间。

"2022寻找地道普洱·发掘乡村振兴代言人"的春茶系列活动，云南电视台的记者来此采访、拍摄，还播出了一则《打卡"网红"初制所：云海翻腾处，是茶山更是风景》的报道。报道中称："从小作坊到茶旅民宿，从单一的毛茶制售到茶旅融合发展，荣马茶厂探索'以茶促旅、以旅带茶'的跨越式发展。好山好水育好茶，如今的曼岗茶山，茶山绿、产业旺、乡村美，相信未来会有更多的人来这里，感受曼岗茶山别样的魅力。"

走进荣马茶厂的初制车间，瓷砖铺就的地面清洁铮亮，带轨道和滑轮的304不锈钢纱网抽拉式萎凋床立于眼前，4层合并为一组，不管是做普洱茶时的摊晾还是做白茶时的萎凋，都能在保障充分通风、散水的同时，最大程度地利用场地空间。再往里走，右边靠墙的是排成一排的 8 口手工杀青铁锅，每口锅边上都安装了一个水龙头，方便随时洗锅，炒完一锅茶叶必须把锅洗干净才能炒第二锅。而铁锅的烟道则穿过墙体通到了室外，只要关上门，烧柴火产生的烟雾都被隔绝在室外，杜绝了茶叶吸附烟味。手工杀青的铁锅旁边，还有 4 台机器杀青的朝天锅。有别于一般的朝天锅，这几口锅是一体成型的铸铁工艺，锅壁非常厚，且内壁没有焊接点，避免了焊接材料导热不同造成

手工杀青与机器杀青并用的荣马茶厂。

在临沧市临翔区2022年古树晒青茶评比暨创新创业竞赛活动中，荣马茶业选送的茶样在数百个茶品中脱颖而出，荣获了特等奖。

的受热不均。朝天锅还能根据鲜叶的含水量调节转速和角度，进行几段式杀青，几乎能够完全模拟手工杀青，而且品质更加稳定，生产效率更高。

　　杀青完成后，摊凉的茶叶被倒入揉捻机内进行揉捻，揉捻机可根据鲜叶的情况而调整力度和时间。揉捻完成后，揉捻机下方一开口，直接掉入传送带中的茶叶又被输送到解块机里进行解块和理条，最后再通过传送带向上送到二楼的晒场，摊薄后进行日光干燥。晒场是用全落地的钢化玻璃搭建的，虽然成本非常高，但是能够杜绝塑料晒棚在长时间高温照射下释放一些有害化学物质的风险。晒棚的地面通铺了木板，特别选用老松木制成地板，使用前以茶水拖洗木板以去除异杂味。揉捻好的茶叶被薄摊在竹席上。晒场四周都有窗户，晒茶叶的时候，需要将所有的窗户打开，保证通风，避免茶叶因不透气产生闷味而影响品质。由于整个晒场呈不规则的多边形（雄鹰展翅状），所以一天任何时段阳光都能从不同的角度照射进来。晒干的原料最后还会坐着电梯下到负一楼的原料仓库进行装箱入库。

正是因为规范化、标准化的生产工艺，在临沧市临翔区2022年古树晒青茶评比暨创新创业竞赛活动中，荣马茶厂选送的茶样在数百个茶品中脱颖而出，荣获了特等奖。现在邦东乡只要有领导来视察工作都会被带到荣马茶厂参观，周边村镇的茶农、茶商也常常过来参观学习。

助力乡村振兴，共推邦东茶业

这个"云上最美茶厂"不仅是邦东乡的优质示范茶厂，也为乡村振兴、助推邦东茶业发展做出了自己力所能及的贡献。2022年茶厂建好之后，由于疫情、天气等因素，市场行情不好，茶叶不好卖，很多大厂的原料收购点都关门了。为了帮助村民渡过难关，王国松当即决定顶着巨大的资金压力，从村民手中收购了很多滞销的鲜叶。那年春茶季，茶厂几乎每天都要加工2~3吨鲜叶。而为了卖掉这些茶叶，春茶结束之后，王国松就努力去开拓市场，寻找客户。多少年没有联系的客户，都主动去联系，让他们购买邦东茶，费了九牛二虎之力才把当年所收的茶叶卖掉。

荣马茶厂一角。

荣马茶厂不仅在艰难时期用最直接、最实际的方式帮助了当地茶农，也在潜移默化中引导邦东茶业生产从小、散、乱的状态逐渐转变成标准化、规范化、规模化的生产模式。这一路也得到了邦东乡政府领导的关怀与帮助。有一件事让王国松非常感动，2022年春茶季雨水比较多，一天晚上暴雨倾盆，茶厂突然停电了，此时厂里还堆着3吨鲜叶，如果不及时杀青，放到第二天就会被捂坏，全部废掉。这让普朝刚急坏了，他只得打电话找邦东乡党委书记黄丕仙求助。黄书记二话不说，就给各个相关部门打电话寻求解决办法。为了尽快实现通电，黄书记甚至冒着大雨，打着伞守在供电室前，不停打电话询问解决进度，一直在大雨中守了2个多小时，终于把电守来了，没有影响茶厂的生产。

荣马茶业为邦东乡小学捐资助学。

朝霞掩映的邦东乡坡头街，是邦东乡政府所在地。

为了感恩邦东乡领导对企业的关心和呵护，荣马茶厂主动给邦东乡小学捐资助学。有一次在交谈中黄丕仙书记说起邦东乡小学的教室里连块智慧黑板都没有。王国松和妻子都是云南师范大学毕业的，本身对教育事业也有情怀，他们认为再苦不能苦孩子，再穷不能穷教育，于是他们主动提出为邦东乡小学捐助智慧黑板。教育是国家发展的基石，给乡村学校捐资助学不仅可以改善学校的教学设备，还能够为乡村的学生们提供更好的学习环境。乡村振兴不仅仅是经济的振兴，还需要知识文化的传承和复兴。尽微薄之力助推乡村教育事业的发展，培养更多优秀的人才，学有所成、学有所用才能更好地反哺乡村振兴。在荣马茶厂的带动下，其他茶企也纷纷效仿，为邦东乡小学捐资助学。

第四节 早咖晚茶,世界大同

"早咖晚茶世界大同"是朱宏视频号的名字,每条小视频都非常有趣,向大家展示着云上邦东的惬意生活。而咖啡与茶这两种世界性饮品,一个代表着西方文明,一个代表着东方文明,各在朱宏的生命里掘出了两条河流。它们各自奔腾跳跃,又偶尔交汇于悄然无形间。

众人只知邦东产茶,却少有人知道邦东还出咖啡。由邦东乡昔归咖啡庄园出品的精品咖啡豆,已经是星巴克、雀巢、Manner、双立人、无印良品、周大福等知名品牌的精品咖啡供应商。昔归咖啡庄园坐落在邦东村,当地人习惯称其为"老邦东"。从明朝洪武年间起,老邦东就是整个邦东乡的集散中心,方圆50里唯一的集市就在这里,卫生院、邮电局、学校、供销社、乡政府也都曾设在这里。至今村子里

"斜杠青年"朱宏擅长玩各种民族乐器。

还保留有一段古道,为"茶马古道老邦东段",2012年就被列为区级文物保护单位。只是20世纪90年代修公路的时候,道路规划因各种原因而绕过了老邦东。渐渐地,老邦东街因为交通不方便,也就慢慢衰落,失去了集散中心的地位。但今天的老邦东却因为一片茶、一粒豆,重新焕发出新的生命力,当然,还有那位满脑子奇思妙想的朱宏。

虽然身高与"鹤立鸡群"相去甚远,但朱宏永远是可以在人群中一眼被认出来的那个。他皮肤黝黑,留着长发,常将头发束于头顶。头戴一顶空顶的破草帽,几乎成了他的视觉识别符号。他的形象与气质绝对符合你对云南少数民族的所有想象。他幽默、豪爽,有自嘲精神,他常戏称自己是邦东土著,而且是老品种。没错,他是香堂人,这是云南西南地区一个古老的、人口较少的民族,只有8万人,而整个临沧市只有7000多人,在少数民族统计的时候,香堂人被划为彝族的一个分支。

说起朱宏的经历,总有种千头万绪的感觉,很多人评价他和电影《一点就到家》里的男主角彭秀兵的经历惊人相似。因为他也有位当了一辈子村主任的父亲,还有那远离家乡闯荡世界时的意气风发,以及回乡创业时的筚路蓝缕。但是,朱宏的经历比男主角丰富得多,"斜杠青年"已经无法形容他丰满的人生。1996年那年,15岁的朱宏骗了父亲130元钱,买了一张火车站票,站了两天三夜到深圳,之后的他足迹遍及我国的深圳、广州、长沙、大理、丽江、北京,甚至远至缅甸、新加坡、日本等国家。他打零工、伐木、开酒吧、开客栈、开乐器厂、玩乐队、游学、研习茶道、花道、香道,学中医、制茶、种咖啡、建庄园……在青春无敌的年纪里他肆意挥洒着过盛的荷尔蒙。经历是人生最大的财富,你多走过的路、多看过的风景、多经历的故事、多应对过的挫折……都能沉淀为生命的厚度和广度。朱宏说,他的生命丰满到"胀痛"。但现在他的生命正在被茶与咖啡这两条河流激荡着。

昔归咖啡,从邦东走向世界

纠结了一阵,关于朱宏的故事,我还是决定先从咖啡说起。

咖啡是世界范围内传播最广泛、品饮人数最多的饮料。咖啡的种植遍布世界的几大洲(非洲、南美洲、亚洲)的70多个国家。而在中国,云南咖啡以一己之力撑起了整个中国咖啡产业,全国98%的咖啡种植面积和99%的咖啡产量都在云南。我们在中国喝到的几乎每一杯咖啡中都有云南咖啡的组成。普洱、保山、德宏、大理、临沧、西双版纳是云南咖啡的主要种植地。其中普洱咖啡又占据了云南咖啡的半壁江山。而临沧咖啡虽然起步晚，从2011年才开始大规模种植，但是发展迅猛，在临翔、镇康、耿马、沧源、云县、永德等县区都有咖啡的种植。如今临沧的咖啡种植面积已经超过55万亩，成为云南第二大咖啡主产区，产量已经跃居全省第二，占据了20%，仅次于普洱市，可谓是云南咖啡的后起之秀。

朱宏与咖啡的结缘要从2008年说起，彼时他还在北京玩着音乐，云南的少数民族能歌善舞的天赋是被刻在基因里的。他在北京组过2支乐队："人民鼓队"和"Made In 大理"。这两支乐队在北京的音乐圈颇有名气，因此他认识很多国内外的音乐人。那一年，他回邦东村探亲，带了几个瑞士的朋友，他们看到村口的路边长了几棵咖啡树，正结着红色的果实。瑞士朋友觉得很奇怪，就问："这里怎么会有咖啡树？"当时朱宏完全不知道咖啡树长什么样，随口就说："这不是樱桃吗？怎么会是咖啡？"瑞士朋友坚定地告诉他："不是，这就是咖啡树，你好好去查查资料。"朱宏查完资料终于确认了那些树真是咖啡树，但是他也奇怪老邦东这个地方怎么会有咖啡树呢？祖祖辈辈

风味独具的昔归咖啡庄园生豆和产品。

没有人喝咖啡，就连认识咖啡树的都没有几个。后来他联想到自己曾和村子里的人去缅甸伐木的经历：缅甸曾经是英国的殖民地，一直都有咖啡种植，可能是村子里的人无意中从缅甸带了些咖啡种子回来。这些顽强的种子被随意丢弃，而那里刚巧是最适宜它生长的环境，于是它们便无所顾忌地生根发芽、开花结果了。

这几棵咖啡树仿佛为朱宏打开了咖啡世界的大门。他在查阅资料的过程中发现，邦东无论是纬度、气候、海拔、湿热条件，都非常适合种植咖啡。因咖啡树喜温凉、湿润、荫蔽的生长环境，怕冻，所以赤道两侧的热带、亚热带地区，北纬25°到南纬25°之间，是咖啡生长的理想地带，被称为咖啡的"黄金种植带"。位于北纬23°的邦东正处于咖啡黄金种植带上。这个发现对于朱宏无异于"发现新大陆"，一颗咖啡的种子已经在他的心底被种下。

2009年刚过完春节，朱宏就回北京，找到他音乐圈的朋友——著名歌手老狼。他说："狼哥，我们老家邦东非常适合种咖啡，有没有合适的人介绍一下？我想学习咖啡种植。"老狼介绍了一位70多岁的老专家给朱宏。刚好老专家当时正在四川攀枝花种咖啡、辣木，朱宏毫不犹豫地飞过去，跟着老专家学了3个月的咖啡种植以后，就回邦东发动村民种咖啡，并承诺每年不低于市场价保底收购村民们的咖啡豆。2009年的普洱茶市场还未完全回暖，那时邦东的茶叶价格不高，能多一份收入，村民还是很愿意种咖啡的。就这样，朱宏带领着村里70多户人家，承包山地种植咖啡1300多亩。

在咖啡苗刚种下的时候，朱宏还完全没有考虑销售渠道的问题。他单纯地认为，自己在北京有些开咖啡馆的朋友，还有些国外的朋友，通过他们，咖啡的销路应该不成问题。他只是凭着这股初生牛犊不怕虎的冲动和热情，觉得应该干就干了。到了第三年咖啡树开始挂果成熟的时候，他没有加工厂，只能把生豆拉到保山去加工，来回的损耗和物流成本陡增。咖啡豆的价格还是受国际大宗贸易影响的,那几年咖啡贸易市场遇冷,而且生豆交易本身利润率就不高,所以刚开始做咖啡的几年里,朱宏几乎年年亏损。

但只要方向对了,就不怕路远。2012年以后,整个临沧市开始大力发展咖啡产业。在政策的鼓励下,邦东乡的咖啡种植业上了一个新的台阶,朱宏也成立了邦东松风咖啡种植农民专业合作社,后期又创立了云南捌甲地农业发展有限公司,以"公司+基地+合作社+农户"的模式,以高于市场价的价格用现金向农户收购咖啡,大大增加了农户种植咖啡的信心。咖啡和茶的采摘期刚好是错开的,一般春茶季5月以后就结束了,这时咖啡树开始开花,到11月成熟,这时秋茶也基本结束,就可以开始采摘咖啡果了。从11月到次年2月,咖啡果采摘完毕,春茶季又开始了。有些地区的茶农还会把咖啡树种在茶园

左图:咖啡鲜果,右图:咖啡花。

里，茶咖共生，成为云南很多茶区的一大特色。

虽然临沧咖啡种植起步相对较晚，或许正是汲取了其他产区的试错经验，临沧的咖啡种植和处理工艺的标准化从一开始就达到了比较高的水平；同时也得益于独特的海拔和区域气候，全市的精品咖啡率在短短几年间名列全省前茅，是云南精品咖啡产区后起之秀的代表。在发表于2021年1月刊的《热带作物学报》的一篇论文：《云南4个产区咖啡豆的主要风味成分及感官品质分析》中，研究员将临沧产区14个咖啡样品干香风味组分，与普洱产区的咖啡样品相比，临沧咖啡中焦糖水果味和果酱般气味没有普洱咖啡明显，但在酸性风味上临沧咖啡风味更丰富，有比较明显的枫糖浆、酸奶酪、甘草、柑橘等调性的风味。在炬点2022年发布的云南咖啡风味地图图鉴中，临沧咖啡的样本在花香、柑橘调性的风味表现上显著高于云南地区均值。

临沧咖啡的品质得到了业界的充分认可，经过国内外咖啡行业组织的咖啡品鉴师对临沧咖啡杯测表明，临沧咖啡具有浓而不苦、酸而

昔归咖啡庄园鸟瞰。

咖啡红了。（昔归咖啡庄园｜供图）

不烈、醇香浓厚、带果酸味的独特风味，其咖啡品质普遍得到国际咖啡品鉴师的充分肯定。2018年12月，在临沧市举办的首届中国云南精品咖啡文化节暨第四届云南咖啡杯中国冲煮总决赛大会上，来自国内外的咖啡品鉴师一致认为，中国精品咖啡豆示范区的临沧精品咖啡代表了云南咖啡最佳风味水平和较好的发展水准，在会上临沧市又被云南省精品咖啡学会授予"中国云南精品咖啡核心产区"称号。

随着国内咖啡消费市场的不断升温，尤其是对精品咖啡的需求持续走高，邦东乃至整个临沧的咖啡产业都进入了一个新的窗口期。2022年，位于邦东村的临翔区首家咖啡精加工厂正式建成投产，并采取"企业+村集体经济+合作社+农户"的方式运行，目前整个临翔区超过1/4的咖啡豆都送到这里加工生产。大家更喜欢称这个加工厂为"昔归咖啡庄园"。昔归故里，云上邦东，昔归茶早已享誉全国，而昔归咖啡也正在从邦东走向世界。

在朱宏的带动下，邦东松风咖啡种植农民专业合作社联合一、二线城市咖啡馆，与雀巢、星巴克等公司达成合作，有效解决了昔归咖啡庄园的销售问题，让邦东乡咖啡产业从单纯的农副产品加工向工业产品转变。2022年朱宏向精品咖啡连锁品牌Manner交付了400吨咖啡生豆的订单。2023年以后，朱宏开始拓展他的咖啡事业版图，从邦东乡拓展到整个临沧市以及周边的保山、德宏等地，目标是生产2000吨咖啡生豆。

朱宏认为，茶与咖啡，一个代表东方，一个代表西方；一个慢，一个快，它们之间有很多共通性。比如：在生产上茶叶初制加工是4~5公斤鲜叶出1公斤干毛茶，咖啡也是5公斤左右的鲜果出1公斤生豆；两者的工序都是12~14道；晒青毛茶和咖啡生豆都需要经过进一步的拼配，以及发酵（茶）或者烘焙（咖啡），才能做成产品上市销售；它们都是物质又可以脱离物质，都可以被赋予并不断叠加文化属性，且没有上限。

除了为大品牌提供原料，打造属于家乡邦东的精品咖啡品牌，也是朱宏的理想。他曾经到我国的北京、台湾、香港以及国外的新加坡等地系统学习咖啡的评测、风味、器具及咖啡的烘焙技术，对咖啡加工技术和咖啡文化有了更进一步的了解，也开始对咖啡产业有了更深层次的思考。大品牌的咖啡企业采购的基本都是生豆，将各地采购的生豆进行拼配、烘焙再出售，尤其是像雀巢、星巴克之类的国际品牌，其拼配的生豆来源可能是世界范围内的。这也是过去很长一段时间内，我们在市场上看不到"云南咖啡"身影的主要原因。随着这些年云南咖啡的高品质被国际市场所认可，将云南咖啡、普洱咖啡、临沧咖啡等单列出来做成精品咖啡的品牌越来越多，这也就和普洱茶产区各个有特色、有品质的山头茶被不断单列出来推广是一个道理。

朱宏认为，想要提高咖啡的附加值，不仅要打通咖啡产业链、发展咖啡精深加工，还要在打造自有精品咖啡品牌和文旅项目上下功夫。2019年，朱宏申请注册"昔归庄园咖啡"品牌，同时还自主创

在昔归咖啡庄园品手冲咖啡。

新研发出具有临沧特色的咖啡产品和咖啡酒。在昔归咖啡庄园的杯测室里，朱宏给我们冲泡了好几款庄园出品的精品咖啡，有厌氧日晒的，也有精制水洗的，还有挂耳咖啡，每一款都能给人带来惊喜。其中有一款红酒日晒的，我印象非常深刻。朱宏将手动研磨的咖啡粉倒在湿过水的滤纸上，细细的水流从手冲壶嘴缓缓沿着咖啡粉转了一圈，此时馥郁的芳香开始在空气中弥散；再次注水，咖啡不断被萃取，酒渍樱桃、果脯、核桃、热带水果、巧克力……各种气息逐渐聚拢。入口顺滑，香气浓郁，中度烘焙让咖啡的酸与苦达到一种美妙的平衡。由于红酒日晒处理方式添加了咖啡的甜感，层次感也更为丰富，焦糖感、明亮果酸和微微的草本风味，一直在口腔里回味，久久不散。

云净庄的网红打卡点：邦东"阿那亚"。（云净庄｜供图）

人间寂静处，找回本我的地方

"此行最难忘的，并不是我们又发现了一座茶山，而是在这座茶山上，遇到了一群潇洒不羁、鼓乐为伴的朋友，他们住在一个悠然世外的庄园里。这，就是他们工作和生活的地方——云净庄。云净庄的主人朱宏是一位真正的大神，他是第一个在大理做手鼓的人；他拥有许多奇思妙想，发明制作了很多独特的乐器，或陶或竹，信手拈来皆为美乐；他10年前买下了这里方圆50亩的山林，只因独爱对面无量山脉的辽阔云海；他在这里既有茶园，也种咖啡，他的梦想是未来某一天，人类可以左手一杯茶，右手一杯咖啡，东西方两种文化和谐相处。这才是真正的'世界和平'！他和他的朋友们每天白天认真劳作，到了夜晚就聚到竹篱露台以茶言欢、对酒当歌，鼓乐伴之、即兴而作，唱茫茫云海、唱天地悠悠……"这是朱宏的朋友在云净庄写下的一段话。

他人眼中的云净庄是这样的，那是朱宏一直希望在邦东打造的一处疗愈身心的旅游康养之地。让每一个来到邦东的人都能够在云海之端，暂时放下凡尘俗事、放下压力焦虑，闲看白云苍狗，在鸟鸣和泉声中，睡到自然醒，成为都市人的诗意栖息地。

云净庄离昔归咖啡庄园不过几百米，是朱宏的另外一处天地。走进庄园，前部分是茶叶加工厂，后部分是民宿和茶室。茶室是一栋建在坡地上的吊脚楼，三面通风，里里外外都以竹为墙。一面窗外几棵芭蕉树，让人想到苏轼笔下"雨打芭蕉闲听雨，道是有愁又无愁"的意境，另一扇窗外则可远眺邦东云海。整个庄园周边的山坡上都种满了咖啡树和茶树。如果你以为这就没了，那可太辜负朱宏的"脑洞"了。

从茶室往下沿着一条小路走，可至一个几十米的通道前，打开门和灯，有规则的线条和通道的纵深感，让人仿佛走进一个时空穿梭机。打开通道另一头的门，眼前豁然开朗，一个外形酷似阿那亚艺术中心的尖顶建筑矗立于一座观景台上，周围被浅浅的水池包围，水中倒映着山光云影，若将镜头放低，便可拍出一张"天空之境"的大片。

我喜欢称它为"邦东阿那亚"，更喜欢"阿那亚"的梵语意思：人间寂静处，找回本我的地方。"邦东阿那亚"里有茶几、蒲团，可以坐在里面品茶、喝咖啡，目之所及，是蔚蓝纯净的天空，是连绵起伏的大山，在邦东云海中幻化无穷，云雾或远远浮于山间，或一缕一缕轻盈地从身边飘过，曼妙多姿、扑朔迷离。

离"邦东阿那亚"不远的地方，还有一个金色的方尖塔，朱宏

云净庄内的北斗茶仓。

介绍说,这本是他们计划打造的一个"北斗茶仓"的概念,从空中看7个茶仓呈北斗七星状排列。方尖塔的内部用于存放茶叶,让邦东茶在邦东的森林中完成自然陈化,未来那些充满负氧离子的茶有谁不爱呢?

在这座云净庄里还有另一段故事曾让我动容。第一次到云净庄我们就遇到了周晓东先生,他是朱宏认识多年的老大哥,做金融投资出身,投资领域涉及很多行业,曾做过云南后谷咖啡的第三大股东。周晓东自己也是多年的老茶客,周围也有很多爱喝茶的朋友。2015年一次偶然的机会,他到临沧走访茶山,想到自己的小兄弟朱宏就在邦东种咖啡,于是打了个电话把他叫来。他们一路走访了临沧一些知名的茶山,但就是没有找到理想的茶。朱宏就说:"大哥来都来了,不如去我家住几天吧,我们家也有茶。"周晓东有点惊讶:"你不是种咖啡的吗,哪来的茶?"朱宏狡黠一笑:"祖上的啊!"

周晓东跟着朱宏到了老邦东，住下后就被带到隔壁朱宏的堂弟家，然后朱宏说有事情就先离开了。堂弟家里有口炒茶的锅，周晓东觉得闲着也是闲着，不如自己来炒茶玩玩，这一玩就玩了一周。周晓东说自己有强迫症，做什么都希望研究透彻。在炒茶叶的过程中，他发现自己对茶的认知和关注点突然变得不一样了，以前自己喝茶，关注的是茶好喝的地方，而制茶的过程就要想办法把茶不好的东西除去，好的东西最大程度保留。杀青有没有杀透，是否炒煳、炒干，叶熟梗不熟，这些都会对茶叶的味道产生很大的影响。最后他喝到自己炒的茶叶，觉得非常满意，带回昆明朋友也很喜欢，这也让他萌生了做茶的念头。

彼时的周晓东正在被严重的糖尿病及并发症困扰，正想换一种生活方式。茶是自己所爱，而且茶已经摆在了自己面前，还有茶山的好兄弟，兄弟虽然在做着咖啡，也有心在茶叶上发力，他想那不如就一起合作建个茶厂吧。说干就干，于是就有了云净庄，有了云南捌甲地农业发展有限公司。

朱宏见周晓东身体状况堪忧，而自己在北京曾拜师学过中医及针灸，他非常想帮大哥调理身体。朱宏先请周晓东来邦东长住，还特意在云净庄辟出一个小院子给大哥住。每日看着邦东山峦叠翠的林海、风起云涌的云海、蔚蓝清澈的天空，呼吸着富含负氧离子的空气，吃着生态自然的简单饭菜，周晓东觉得自己的身心都被洗涤了一番。

糖尿病常被称为"富贵病"，日日劳作的农村人几乎不会得糖尿病，要想从根源上治疗，就必须先改变生活方式。于是，朱宏要求周晓东每天上山砍柴，还得用斧头一刀一刀地砍。一开始周晓东哪里受得了这个苦，才砍一天就叫苦连天，还起了满手的水泡。朱宏逼着他必须砍柴，不砍完不给回家吃饭。这样被逼着砍了一段时间柴，周晓东慢慢适应了些，砍起来也更加得心应手了，背上的汗水常常是湿了又干，干了又湿。有一天，周晓东竟然砍柴砍到天黑都浑然不知。

在这天地灵气的自然间，周晓东将自己彻底放下，放在土地上，与这片土地上的人一样，日出而作日入而息。这样的生活，身体是劳累的，但心灵是自在无忧的，气血是通畅的。再加上茶、中草药、中医、针灸各种方式的调理，几个月下来，周晓东的身体状况发生了翻天覆地的变化，原来身体的浮肿渐渐消退，体重降了下来，肌肉也紧实起来，身体的各项指标逐渐趋于正常，简直像换了一个人。周晓东不禁感叹，竟然连世界级难题糖尿病都能解决，邦东的确是自己的福地啊！

其实，合作建茶厂、开发产品、拓展渠道、运营公司……每一件都并非易事，当初创办公司的时候，朱宏提出做好3年不赚钱的准备，但是3年、6年、9年过去了，他们依然还在努力坚持着。如人饮水冷暖自知，也不是每一份事业都一定是奔着财富去的，至少，邦东这块人间寂静处是可以找回本我的地方，而这世间也还有很多比财富更重要的东西。

喝着夜茶，听着朱宏打手碟。

小邦东里的大梦想

云南的很多茶区同时也是咖啡的产区，茶农也是咖农。随着咖啡市场的整体升温，即使在边陲之地云南，也迎来了咖啡消费的热潮。但是于云南人而言，相对茶这传承千百年的饮品，咖啡更多还是一门生意，而茶才是真正的生活。"早咖晚茶世界大同"是朱宏的理想，但是，不管咖啡生意做得多大，却唯有在茶的世界里，他才会觉得自己与这片土地的距离变得无限近。茶在朱宏的世界里，打记事起就是再寻常不过的日常，家附近就有茶园，父母采茶时会带着他去茶园，采茶回来他还要帮着父母做茶，每天上学要路过茶园，和小伙伴嬉戏打闹也会在茶园里。在朱宏眼里，茶就如同种在房前屋后菜园子里的蔬菜一样稀松平常，关键那时候的茶价和菜价不相上下，年少的他根本不知道这些寻常之茶，竟会在未来影响他的人生。

在外漂泊的 10 多年里，朱宏在新加坡遇见了自己的第一位茶道老师李曙韵。朱宏说自己有幸能向她学习茶道，仿佛打开了一扇窗，发现曾经如此寻常的那片叶子里，原来可以包含那么多的文化内涵、精神内质。从那一刻开始，他就觉得自己应该回邦东做茶。2015 年，朱宏决定结束漂泊生涯，回乡创业，创立了"八甲地"品牌。他觉得每个地方的茶叶都应该由世代生活在那片土地上的人，用千百年来结合当地风土人情和传统文化总结出来的制茶技艺来制作。

"八甲"为邦东旧称。《缅宁厅乡土志》载："八甲十五村，一为章珍，一为蚌六，一为那练，一为小蛮那、蛮看、管掌、邦包、蛮东、蛮弄、蛮牙、昔规、蛮卖、那看、大蛮那、邦东。东界嘎里，南连丙甸，西壤邦尧，北接猛麻。有邦东街，每逢己亥贸易……邦东街距城一百五十里。"

朱宏的父亲从28岁起就在邦东当村主任。回乡创业的朱宏刚做出一些成绩，区里领导就开始动员他能够继续做邦东村的村主任。其实村主任不比国家公务员，在很多人看来是个费力不讨好的活，不是人人都愿意去争取的职务。盛情难却，朱宏不敢辜负领导们的期望，他接过了父亲肩上的重担。在接任之初他就表了态："茶叶一直是邦东村的经济支柱，既然要我来做这个村主任，首先就要制定标准、规范茶园管理，以生态立本，把我们邦东村的茶做出品质、做出名气。"朱宏曾去过日本早稻田大学参观学习农业管理，他模仿我国台湾和日本的合作社的管理方式，率先制定了标准，并从"八甲地"合作的10家茶叶合作社开始执行。

前3年以茶园土地管理为主，比如合作社的茶园，一不允许施化肥、打农药，二不允许翻地。因为翻地容易导致水土流失，邦东的茶山都是以坡地为主，翻过的地，失去了植物的保水作用，沙土容易随着雨水流失；翻地也容易破坏土地里的微生物菌群，让茶树的养分不均衡。后3年以茶树的标准化管养和标准化采摘为主，如采摘标准是一芽二叶到三叶，不能超过三叶。

同时，合作社有硬性规定，每个合作社带领5~8家茶农，要把标准贯彻执行到每一户茶农家里。9家合作社要互相监督，就像一个原始的区块链一样，所有发生的好的和不好的事情都会被记录，且不可更改。如果有一家出现技术上或者管理上的失误，其他合作社也要负连带责任。用商业手段去管理，大家就可以互相监督。接着就是做精神文明建设，每家合作社的茶厂、茶农，卫生要干净整洁，庭院里要摆些花草，家里必须要有一个干净整洁的茶室，这样才有美丽乡村的风貌。从小、散、乱的小农经济提升到规范化、标准化的现代农业，邦东村做出了有效的尝试。

2013—2019年，云净庄一直与美国普林斯顿大学和哈佛大学两所大学合作茶主题游学项目，每年有4~5批大学生到邦东游学。因疫情中断3年后，2023年9月游学合作模式再次开启，英国剑桥大学也加入其中。

如今，德国餐具品牌"双立人"已经将邦东村作为茶叶与咖啡原料的定点采购地。双立人大中华区的工作人员最初来邦东只是采购茶叶，偶然间喝到邦东咖啡后觉得太好喝了，经过调研，决定把咖啡的采购地也设在邦东。

看过外面的大千世界，朱宏便想在这小小的八甲之地里，造出一个大千世界来，小邦东里有大梦想。朱宏希望未来"八甲地"以邦东为据点，做发酵中心，用茶叶做醋、做酒，用咖啡做酒，做酱油、咖啡酵素、果酒……"早茶晚咖"现在已经装不下朱宏的梦想了，他希望能走出与传统茶商完全不一样的路子。好看的皮囊千篇一律，有趣的灵魂万里挑一。他想把茶做得有趣，吸引更多有趣的人来此一起玩，一起做有趣的事业。

第五节

云上森然,大雪山上的诗意栖息

在通往大雪山的必经之路上,会发现一个岔路口,路口指示石牌上赫然写着"云上森然"4个大字。沿着密林间的岔路行驶1.2公里,便豁然开朗起来,谁承想在这海拔2000多米的山间竟然藏着一个茶主题民宿。几间蓝色屋顶的小屋镶嵌在一个山脊上,背靠苍茫大雪山,野放的古茶园顺着山坡延伸到视野尽头。观赏古茶园视野最佳的位置,是一间颇具侘寂风的茶室。走进室内,高挑的屋顶,中间一个火塘,四周以水泥砌成的沙发,铺上垫子便可围坐。火塘前面的茶桌正对着巨大的落地窗,坐在茶桌前喝茶,举目所见,是与森林共生的古茶园以及风起云涌的云海。窗外露台上的蓝色水景,在阳光下波光粼粼地闪烁着。

邦东生活：品茶、观云海。

邦东大雪山以它独特的魅力，召唤着那些热爱生活的灵魂。在茶室里我们见到了云上森然的主人李文红。在此行奔赴雪山的旅途中，我们无数次幻想，在邦东大雪山间安家落户，或者有一方自己的小屋，在奔忙疲惫之时"出逃"至此，该是一件多么幸福惬意的事。眼下，李文红的生活已经彻底进入了这种状态，她身上拥有一种源自山野的超脱感，让自己彻底在庸常的生活中找到了另一片诗意的心灵栖息之地。

在见到李文红之前，我已经多次欣赏过她的视频。视频中的她一身森女系的装扮，俨然是邦东大雪山上的"李子柒"。她不是在大雪山寻觅野生食材做菜，就是在雪山云海间品茶、喝咖啡，悠然自得，诗意盎然；或是在盛放的大树杜鹃下采花漫步，抑或在古茶园里采茶、制茶……二十四节气，每个时节都有应景的风光和美食，几乎每一个观看过视频的人都会在不知不觉间憧憬这片森林。借由"云上森然"视频号，邦东大雪山仿佛也有了属于自己的日记。

李文红的家乡在临沧市临翔区。2019年一次邦东之行，她遇上了这片隐藏在原始森林里的古茶林，可谓一见倾心。李文红说："当时我就舍不得走了，我的心底里也藏着一个'田园梦'，一座小院、一片良田、一

云上森然庄园的茶室和民宿。

云上森然庄园外景。

只小狗、一条小溪……这片平静深邃的土地在召唤我留下，在这里打造一个诗情画意的空间，过上梦想中的惬意生活。"李文红虽是汉族，但有着少数民族般深邃的五官，说话时，脸庞柔和的线条总会牵起月牙般的眼眸。

2021年森然民宿建成，房屋占地20亩，其中客房4间，茶园200余亩，森林16亩，总投资超过700万元。一开始她没想过会投资那么多，只是想着围绕林间那片古茶园，打造一个小院子，平日里和亲朋好友在大雪山脚下有个围炉煮茶、岁月静好的地方，同时为邦东乡的乡村振兴、茶旅融合事业略尽绵力，就非常满足了。

接下来的2年里，修路、通水、通电，整理好了撂荒多年的古茶园后，李文红完美主义心理作祟。建好院子后，她又觉得茶园里这么好的茶叶应该就地加工，同时也可以在春茶季让游客们体验采茶、制茶的全过程，于是又建了个初制所。民宿、餐厅建好后，她又觉得在这山野间得让客人吃到最生态的食物，于是又在茶园边的空地上开

大雪山下的云上森然庄园。

垦出了几片菜地,种植起了缤纷的果蔬,在后山引雪山之水,建起养殖虹鳟鱼的鱼塘、饲养冬瓜猪的猪圈和让走地鸡归巢的鸡舍。紧接着,可以望向群山的茶室也突然闯进了她的计划,这里可以喝茶、喝咖啡,复古的暖炉可以让10余人围坐一圈,看书、聊天、望着火光发呆……这一切生命中的小确幸都能够在此得到满足。

这时的"小"别院已经远远超出了李文红最初的想法。这个大雪山脚下的院子,在拥有了"云上森然"这个名字后,逐渐成为大家归园田居的一处归宿,大大小小城市中生活的人的向往之地。云上森然有农家般的亲切与烟火气,但也没有把定位过度局限在私家小院的概念上。在携程等旅行平台可以预定到云上森然的民宿,越来越多来自全国各地甚至是国外的旅人,不远千里来到邦东大雪山脚下,享受这里的静好岁月。

李红文在邦东大雪山中的"森系生活"。

邦东大雪山中的大树杜鹃。

　　李文红是个美食家,她在云上森然的日子里,对大雪山风物特产的关注占了大半。捡各类菌子,做各种腊味,用长长的杆子将诃子果打下来泡酒,边散步边拾柴火回去煮饭菜,在菜地里悠然耕种,爬到柿子树上摘柿子……我们一行人到云上森然的那天,李文红为我们准备了丰盛的菜肴,每一道菜的食材都来自那些凝聚着大雪山精华的风物特产,通过美食的承载形式,无限拉近了人与山的情感连接,只要尝一口,就沉迷其中,甚至忘记拍照留念。真正的美食,已经突破了色、香、味的层面,直达内心的柔软之地。邦东大雪山四季的流转和翻阅书本的纸张一样,一阵簌簌声后,便彻底翻过一页,轻快明朗。但在每个季节流转的时光中,大雪山里总孕育着让人牵肠挂肚的天然食材,这些来自雪山间的富饶风物特产,每一种都是邦东大雪山风味与生态自然之秉性的脚注。

在山中，得自在。

寻找大雪山风物特产的旅途，其实也是在山间行走漫步的时光。深入邦东大雪山间，扑面而来的是寂静，是能包容万物的寂静。邦东大雪山拥有自己的时间。李文红说，许多旅人本来只打算在这里落脚一两天，却被邦东大雪山莫名地挽留了，一个多星期的昼夜往复仿佛在转瞬间便溜走。李文红和她的云上森然可以说是如今邦东大雪山一带的一个经典文旅 IP。

当我们在城市中一天天生活着，另一种时间也在邦东大雪山这样的自然圣境中按照自己的节奏流动着。如果能在每天的世俗中，内心依旧保留一个角落惦记着这一点，人生何愁少滋味。

（云上森然 | 本节供图）

第四章

茶韵邦东 云上生活

将非遗文化融入旅游服务,通过茶旅融合大大增强了昔归的文化魅力和吸引力,也将昔归团茶这一古老的普洱茶制作技艺以更加多元、迷人的姿态融入现代生活。

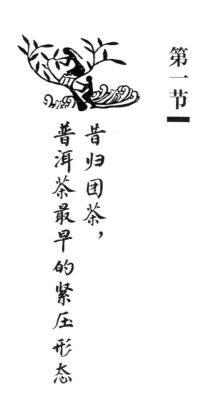

第一节

昔归团茶，普洱茶最早的紧压形态

云起澜沧江，茶出邦东

"士庶所用，皆普茶也。蒸而成团。" 这是1620年，谢肇淛在《滇略》关于云南茶的记载。"普茶"即为普洱茶，这段文字是目前公认的关于普洱茶最早的文字记载。且不论当时的普洱茶初制工艺如何，至少"蒸而成团"是普洱茶最早的紧压茶工艺。而团茶直到清朝时期一直是贡茶的主要形态，而且还有不同的规格。清《普洱府志》（卷十九）记载，每年贡茶为4种：团茶（5斤重团茶、3斤重团茶、1斤重团茶、4两重团茶、1.5两重团茶）、瓶盛芽茶、蕊茶、匣盛茶膏共8色。2007年，在普洱市举办的第八届中国普洱节中，"百年贡茶回归普洱"大型活动曾让我们有幸目睹了来自清宫的万寿龙团贡茶。

苏其良收藏的昔归团茶。

团茶，作为普洱茶最早的紧压茶形态，既有团圆、圆满、吉祥之意，又便于储存、携带，且利于后发酵。在云南茶业走向机械制茶的现代化以后，团茶工艺在很多地方都相继失传了，毕竟这是一项非常费人力的工艺。但是它却很幸运地在昔归得以保留和传承。昔归团茶是昔归先民在贩茶时为了方便运输，探索出的一种制茶工艺。它所需工具简单———一个布袋和一个竹筒即可，更多考验的是团茶师傅对湿度、温度和力度的掌控，松了茶容易散，紧了、潮了不利于后期发酵，甚至还会发霉。所以说团茶是老祖宗智慧的结晶，是行走茶马古道的见证。因此,昔归团茶制作工艺已于2015年被确定为省、市两级"非物质文化遗产"保护名录。

在昔归老寨，有一栋带着点徽派建筑风格的石房子，显得非常特立独行。石房子外"非物质文化遗产·昔归团茶传承馆"几个大字非常显眼。这里便是昔归团茶市级非物质文化遗产传承人苏其良的家。走进石房子，燥热的空气立马冷却下来，苏其良正坐在茶台前为我们

昔归团茶传承馆。

泡着昔归团茶。只见公道杯里的茶汤金黄透亮,入口茶香馥郁、饱满厚重,回甘生津迅猛,有着昔归茶的刚柔并济,又更添一份醇和。苏其良介绍,这是一款陈化3年的昔归团茶。200克的团茶,捧在手心像个小球一样。

作为非遗传承人,苏其良对昔归团茶的故事如数家珍,毕竟打他记事起,就经常能在家里见到团茶,尤其是在每年祭祀先祖的日子,爷爷奶奶肯定会提前做好几个团茶置于供桌前,待祭祀仪式结束,团茶仍会供奉一段时间。那时的团茶主要是祭祀用品,很少有人品饮,规格也以500克为主。由于纯手工压制的团茶容易松散,也有加入凉的米汤水作为黏合剂,用棉布包裹后压制而成的。

关于昔归团茶,还有一个美丽的传说。传说,明朝后期,博尚镇商贾大户永和康家少爷康茗和何家女儿何清相知相爱。一日,康茗随马帮去普洱贩茶买盐,久去未归,何清沿古道问询至澜沧江嘎里古渡口,因江水暴涨,未能过江寻找。多方打听,有人说康茗被抓了壮丁,有人说康茗路上害病而亡,何清一律不信,干脆在忙麓山住下,种茶为生,为了便于存放、售卖,何小姐把茶做成团状,寓意团圆。5年过去了,康茗归来,久寻不见心上人,伤心之余,在寺院出家为僧。寺院佛爷酷爱饮茶,差使康茗外出化茶(佛教中把化缘得来的茶叫"化茶"),偶然间化到昔归忙麓"团茶",寺院佛爷喝了赞不绝口,康茗遂慕名到昔归化缘,与何清相逢。两人回到博尚,将"团茶"供奉于佛堂,住持尽解其意,禅允康茗还俗,康茗、何清有情人终成眷属。

传说总是美丽的,也为昔归团茶的流传注入了一份温情。据苏其良介绍,昔归团茶成为流通商品是2006年以后的事。2003年,苏其良从昆明打工归来,一个契机让他向村里的老师傅学习制茶技艺,还做起了毛茶生意。2005年,他想起小时候见爷爷奶奶做的团茶,反正仓库里茶叶多,不如自己试着做做看。接着他做了一些500克的团茶,没想到在客户中非常受欢迎,一些客户还拿去当成镇店之宝供起来。在客户的强烈要求下,2006年苏其良又批量做了一些团茶,500克、200克的都有,也是很快就被抢购一空。在昔归做团茶的手艺便从苏其良这里开始复兴,周围的人看团茶好卖,也纷纷来找他学艺。

团茶虽然是普洱茶原始的紧压形态,但也因为贡茶制度

以"非遗"技艺制作的昔归团茶。

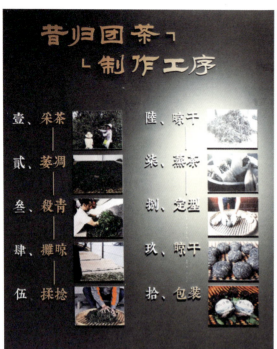

昔归团茶制作工艺流程。

的终结而失传多年，只在极少数地区的民间流传，当它再度复兴的时候，立马在以饼、砖、沱为主流的普洱茶市场，以特立独行的形态，以及"团圆"的美好寓意而迅速走红。然而，昔归团茶的妙处绝不限于颜值，为了探索昔归团茶的奥秘，我们请苏其良为我们讲解并演示了团茶的制作工艺步骤。

昔归团茶传承馆的一楼便是团茶的加工坊，由于团茶都是手工加工，所以加工坊里并没有太多机器设备，只有一台蒸汽机，几个蒸筒和布袋。用于加工团茶的原料需要精心挑选，以一芽二叶为主，不能太粗老，否则茶叶中果胶含量不够，手工很难压制成形。苏其良为我们演示了一遍团茶的制作工艺：将称好的茶叶放入蒸筒中，再将下方有小孔的蒸筒放在蒸汽出口上蒸几十秒钟，待茶叶蒸软后倒入布袋。

这和饼茶、沱茶的制作流程相似。苏其良说，早期的团茶是用一块方形的白棉布，现在工艺提升了，改用布袋更方便，做出的团茶更圆润规整。

昔归团茶工艺的核心在于手工紧压做形。试想一下，饼茶的传统压制一般是用几十公斤重的石模放在揉好的布袋上，再站上人，用一个成人的体重来完成紧压。机器压饼动辄几千牛顿的压力，而昔归团茶的紧压却全凭一双手的力量。只见苏其良将布袋从蒸筒上取下，在操作台上先将布袋里的茶叶初步理成一个团状，再用左手横抓住布袋尾，右手一直顺着一个方向按压揉搓，直到布袋越拧越紧，时不时地还需要对茶团进行整形，手的力度需要非常均匀，甚至还需要借助身体的力量。苏其良的手仿佛在茶团上娴熟地起舞，再搓揉、再整形，反复多次以后就可以将布袋尾打结，等待团茶冷却定型才能拆布袋，一般需要20分钟以上。

拆开布袋后，团茶上会自然留下一个凸起的小尖尖，有点调皮的小可爱，这是拧布袋时留下的印记。接下来便是干燥环节，但昔归团茶的干燥，不能在烘房烘干，也不能用太阳晒干，只能放在架子上阴干，需要3~5天方可干透。也只有在昔归这样常年高温的地区，团茶才能实现自然阴干而内部不霉变。

为何普洱茶最初的紧压形态是"蒸而成团"？为何团茶是普洱贡茶中的主要形态？我相信这里面一定蕴藏了古代先民的智慧，但同样也可以用现代科学来解释。苏其良曾做过对比实验：同样的昔归茶原料，分别制成团茶和饼茶，经过3年的陈化后，开汤对比，团茶的汤色已开始转为橙黄色，而饼茶的汤色变化不大还是黄色；在滋味上，团茶则显得更加醇厚、顺滑、饱满，苦涩平衡，刺激性大大降低。因而他得出结论：团茶的陈化效果优于饼茶。

昔归团茶非物质文化遗产代表性传承人：苏其良。

团茶的陈化效果更优，其实是有科学原理的，总结下来大概有3个方面的原因：

首先，团茶的手工压制过程中需要多次反复按压揉搓，布袋里吸水软化的茶叶在挤压揉搓下会析出部分茶汁，让茶汤的饱满度更高。

其次，自然阴干的昔归团茶，含水量相比在烘房烘干的饼茶含水量稍高一点，更有利于后发酵阶段微生物的滋生与活动。

最后，也是最重要的一点，普洱茶的后发酵需要一个相对集中的厌氧环境，且因为微生物的发酵忌平面和直角，最适合的"工作空间"是以圆形为主。而团茶不仅紧压的内部空间相比饼茶更集中，而且纯圆角的形态也正好为微生物提供了最佳的生存空间，让昔归团茶在自然后发酵阶段具有更优秀的陈化效果[①]。

---

①陈杰：《紧压之谜》，《普洱》2015年第9期。

当一种技艺或文化被评为"非遗",就已经证明其重要性和脆弱性。非遗根本的价值,在于它作为中华民族智慧与文明的结晶,能为民族发展、社会进步提供更基础、更深厚、更持久的力量。昔归团茶已经是邦东乡乃至整个临沧地区一张靓丽的名片了。同时,"非遗"作为民族文化的精华,也为邦东的乡村振兴赋能。苏其良、师尚明、王支良等一批昔归团茶的非遗传承人,在政府的引领下,正在合力将团茶工艺由生产模式变为服务模式,将非遗文化融入旅游服务,通过茶旅融合大大增强了昔归的文化魅力和吸引力,也将昔归团茶这一古老的普洱茶制作技艺以更加多元、迷人的姿态融入现代生活。

苏其良收藏的邦东老茶号旧账本。

第二节

和平茶所，邂逅半个多世纪的红茶往事

熟悉云南茶业史的人都知道，差不多在21世纪以前，临沧的茶叶生产以红茶为主，尤其是在距离邦东乡100多公里外的凤庆县，被誉为"滇红之乡"。《顺宁县志》记载："1938年，东南各省茶区接近战区，产制不易，中茶公司遵奉部命，积极开发西南茶区，以维持华茶在国际市场上的地位，于民国二十八年（1939年）三月八日正式成立顺宁茶厂。"顺宁茶厂即后来的凤庆茶厂。1938年9月冯绍裘受中茶公司委派，来到云南凤庆开办茶厂，开启云南机制红茶的先河。经过调查研究，冯绍裘认为云南的大叶种茶芽壮叶肥，白毫浓密；茶树生长周期长，茶叶内含大量的茶多酚，产量高，品质好；做出来的红茶，滋味浓强度高、香气丰富、耐泡度好，与印度等地所产红茶别无二致，在口感上完全可以满足国际市场的需求。

有着60多年历史的和平茶所,依然保存完好。

  近代中国,战火不断,烽烟四起,红茶是当时中国政府维持出口最重要的商品,通过国际茶叶贸易,从中赚取外汇,以换购战争时所需的军备。云南红茶与世界的第一次相遇是在1939年,云南红茶经由马帮、汽车、轮船一路奔波,从澜沧江边抵达泰晤士河畔,由此开启了云南红茶的全球化时代,云南红茶成了世界红茶贸易的重要一环。20世纪50年代,云南红茶主销苏联,并深受欢迎。在临沧全面改制红茶的时代,甚至提出过"一吨滇红十吨钢"的口号。

  当时代的潮流滚滚向前,20世纪90年代后中国的对外贸易不再依赖茶叶之类的农产品出口,茶叶结束统购统销。彻底放开经营以后,云南红茶开始走进国内消费者的视野,与此同时,由出口转内销的还有普洱茶。红茶是一种被西方文明定义数百年的饮品,而当普洱茶带着中华传统文化的基因回归大众视野时,就以越陈越香的魅力征服国人味蕾和引爆收藏投资热。在市场这只无形之手的调节下，进入 21 世纪以后，临沧的大部分茶区开始转为做普洱茶。尽管如此，临沧仍然还是云南最大的红茶生产地，占全省红茶产量的 60% 以上，占全国红茶产量的 20% 以上，是全国最大的红茶生产基地，更是名副其实的"中国红茶之都"。

和平茶所，邦东最古老的红茶初制所

在"红茶之都"，我们总能邂逅一些红茶往事。从临翔区沿着 G323 国道向邦东乡方向走，在距离乡政府 8 公里处便是和平村。在国道边上我们看到一座有些年份的建筑，和平村的村支书许韩冰告诉我们，这是邦东乡历史最悠久的茶叶初制所——和平茶所。这个茶所的建筑太过朴实，靠马路的一侧就是一面土基墙，墙上刷了白，用篆

位于国道边的和平茶所。

和平茶所内部。

体字写着"和平茶所"4个大字,不仔细看都辨认不出,路过也很容易忽略。

许韩冰带我们走进和平茶所,迎接我们的是一位年过六旬的老人、茶所的负责人——普德良。普师傅热情招呼我们,并带领我们参观了茶所,一边参观一边介绍:和平茶所建于1956年,1958年投产使用,过去主要生产红毛茶,现为临翔区不可移动文物保护单位,至今仍在使用中。这是一个砖木结构的四合院,上下两层楼,楼下摆放着一些红茶的制茶设备,比如揉捻机、手摇式烘干机、发酵槽等,还有一台烧柴火的杀青机。角落还堆着些被淘汰的制茶机,布满了岁月的痕迹。靠西边的二楼是传统的萎凋室,地上铺着竹席,一根根保留原有形态的树枝平行搭成10来层的萎凋架,沿着房间两边靠窗的墙一直延伸到尽头。由于不是做茶季,竹编的萎凋帘在地上叠放着,只能想象满屋层层叠叠摆放鲜叶时的壮观景象和满室的芬芳气味了。有些窗户被萎凋帘遮挡着,是天然的通风透气又避光的"窗帘",衬着混有稻草的红泥龟裂墙壁,简直是年代感拉满。

和平茶所内的萎凋房和揉捻车间。

其实，这样看似"简陋"的萎凋室已经很少见了，但是传统的工艺自有其天然的智慧所在。萎凋是红茶制作的重要工艺，萎凋的目的，其一是蒸发部分水分，降低茶叶细胞的张力，使叶梗由脆变软，增加芽叶的韧性，便于揉捻成条；其二是由于水分的散失而引起鲜叶内含物质的一系列酶促氧化作用，为形成茶叶色、香、味的特定品质奠定物质变化的基础。萎凋既有物理方面的失水作用，也有内含物质的化学变化。红茶的萎凋分为室内萎凋和室外萎凋，由于云南高原气候紫外线强，几乎都是在室内，室内萎凋要求房间通风、避光。现在的红茶加工厂大多用的是大型的萎凋槽，下方加热风机，通过鼓吹热风，加速鲜叶的萎凋速度，以节省时间、提高效率。但是茶叶是自然的产物，更喜自然之法，得茶韵天成。砖木结构的房子冬暖夏凉、通风避光，自然萎凋的过程，茶叶中的内含物质在多酚氧化酶的作用下，进行 10 小时以上缓慢而剧烈的化学反应，一步步形成红茶馥郁芬芳的香气、滋味。

茶所的左侧有条哗哗作响的小河，唤作"老所河"。从邦东大雪山流下的山泉水沿着和平村陡峭的地势激流而下，哪怕这条河窄小如沟渠，但山势高差带来的水能却足以在上面修建一座小小的水电站。这里还是老所河电站旧址，同为临翔区不可移动文物保护单位。相信多年间，在和平茶所红茶生产过程中，这个小电站在供应电力上绝对功不可没，它们也一起共同见证了邦东半个多世纪的茶叶发展之路。

普德良：
和平茶所的守护者

和平茶所的守护者：普德良。

坐在背靠老所河的茶室里，我们一边喝着邦东红茶，一边听普师傅讲着邦东的红茶往事。茶室的墙上还挂着 1984 年临沧县人民政府颁发给和平茶所的奖状，以及一张 1954 年的土地房产所有证。这个没有被时间改变多少、没有在历史进程中被拆除的老茶所，依然保持着它原初的样子，得益于这位守护了它 40 多年的老茶人。

1980年，18岁的普德良初中毕业后被分配到和平茶所，先后当过工人、会计、主任。当时，这还是一个村办企业，由和平村公所修建，茶所的利润30%上交村里，60%用来发工资，10%留在茶所作为日常经费。在中华人民共和国成立初期，云南大力发展茶叶生产加工的年代里，这样的村办初制所不在少数，这是邦东乡的第一个茶所。只是在历史发展的进程中，很多老茶所都被拆掉了，只有和平茶所保留了下来。

据普德良介绍，1958—1992年，全省茶叶产销基本上都施行统购统销政策，茶所做出来的毛茶，直接交到县上的临沧县茶厂（临沧县于2004年更名为临翔区），完成精制加工以后再上交云南省茶叶公司。茶所一年要做二三十吨茶交县上。邦东乡1987年才通公路，之前只能赶着马帮驮着茶叶走上3天才能走到县里，通公路以后则是开着拖拉机运茶叶。全村甚至周围邦包村的鲜叶都交来这里加工。普师傅回忆，多的时候一晚上有一两万斤鲜叶交来，实在加工不过来，鲜叶长时间堆放都被捂坏了，没办法只能倒入老所河中，让它们随波而去。从1988年以后，茶所才开始做少量晒青茶，但很长一段历史时期，红茶的价格都比晒青茶高。晒青茶的价格超过红茶基本上都是进入21世纪以后的事情了。

茶所墙上挂的老物件，见证了其悠久的历史。

和平茶所背后有一条源自邦东大雪山的溪涧，建在上面的小型发电站为和平茶所供电数十年。

  1996年，在国有经济体制改革的东风之下，普德良承包了和平茶所；2004年直接买断产权，现在全家都在茶所制茶，并且坚持用传统工艺制茶。这些年，茶给这片土地及生活在此的人带来了很大的改变，而普师傅却不紧不慢地、稳稳地维护着这样一座文物级的老茶所。他只是简单地坚信，一直守下去一定会有价值的。

邦东红茶的传统工艺

  正聊着天，普德良突然说："你们喝过七八年的老红茶吗？我这儿有。"我们几个人一听都惊呆了："你还有40多年的老红茶？"普德良一听，懵了一会儿，然后大笑说："不是1978年的红茶，是我七八年前做的红茶。"大家这才恍然大悟。普师傅泡了七八年前做的红茶，存放得很好，没有异杂味，喝起来还有点桂圆香加可可香的气息，有几泡甚至有点正山小种松烟香红茶的感觉。普德良说，传统工艺做的红茶是可以存放的。于是，我们便向他请教，究竟怎样才是传统红茶工艺，普德良便将传统的红茶工艺步骤为我们一一详解：

1. 采摘： 以一芽二三叶为主。

2. 萎凋： 必须是室内自然萎凋，将鲜叶在萎凋帘上铺满、薄摊，萎凋室内保持通风。萎凋时间根据气温、空气湿度情况来调整，一般10~12个小时，要让鲜叶完全走水且出花香的时候才算萎凋完成。

3. 揉捻： 上揉捻机（55转/分钟），一次投叶50公斤，揉捻40~50分钟，按轻（15分钟）—重（30分钟）—紧（10分钟）的力度和时间，揉成紧条。

4. 解块： 用解块机将揉捻后黏连成团的茶叶解块。

5. 发酵： 茶叶放入发酵槽发酵，一般10公斤一个槽，也有大的可发100公斤的发酵槽。揉好的茶叶装满发酵槽后，再用湿了水的白布盖上，等待茶叶自然发酵。发酵一般会持续8~10个小时，会因气温的不同发酵时长有所不同。发酵过程中茶叶会进行剧烈的氧化反应，温度也随之升高。

发酵是红茶工艺最重要的一个环节，发酵程度的把控非常重要，如果发酵过度茶叶就会发酸，发酵不足就会泛青，需要随时关注发酵的程度。普师傅说，做红茶的时候，作息时间都要跟着茶走。发酵到位了，不管什么时间都要及时把茶叶摊凉。

6. 干燥： 待发酵程度适宜，青气完全散去，叶片变红，出红茶的香味时，就要马上烘干，停止发酵。传统工艺是要烘两道，第一道毛火慢烘，先烘掉80%的水分；第二道足火快烘，将含水量烘至8%以下。目前，和平茶所用的还是烧柴火的手摇式百叶烘干机。

7. 晾凉、装箱： 烘干后，要将干茶晾凉之后才能装箱，装箱后

品鉴传统工艺的邦东古树红茶。

最好存放半年以上，待青味彻底消失，火味也完全褪去的时候，才是最佳品饮期。

传统工艺的邦东红茶，最大的特点就是有一种红糖般的甜香，这几乎是邦东红茶的标志性特点。普德良说："不出糖香，就不是邦东红茶。"他认为"糖香"是源自古树茶（邦东大叶种）的品种香与传统工艺做出的工艺香的结合。邦东红茶入口苦涩味轻、回甜、润口，还带着桂圆干煮水的味道，不仅耐泡度高（一般可泡20泡以上），还能长时间存放。

第三节 复刻唐茶，探索邦东茶的无限可能

唐代陆羽《茶经》中对唐代的制茶工序，用简单的十几个字就概括了："采之，蒸之，捣之，拍之，焙之，穿之，封之，茶之干矣。"以现代的制茶学来看，这主要是蒸青绿茶的制作工艺。鲜叶以蒸汽杀青，再将茶叶捣碎，放进模具里拍压成形，脱模后焙火干燥，再将茶饼串起来，封藏一段时间，茶就制成了。到需要品饮之时再经过"炙之""末之"，水在初沸时"调之以盐味"，第二沸时"则量末当中心而下"。简单来说，就是品饮之前，先将茶饼炙烤一番后，用茶碾子把茶叶碾成粉末，将一定量的盐倒入刚烧开的水中调味；待到水再次沸腾的时候，舀出一瓢水；然后用竹夹在沸水中绕圈搅动；继而用"茶则"将一定量的茶末从旋涡中心投入水中……

以邦东茶为原料制作的唐茶。

这是唐代煎茶道的品饮方式，那时古人饮茶还是以"吃茶"为主，联想到唐代另一本典籍——樊绰的《蛮书》里还有对云南当地饮茶的记载："茶出银生城界诸山。散收，无采造法。蒙舍蛮以姜、椒、桂和烹而饮之。"相比之下，陆羽笔下记录的是唐代文人精致的制茶、饮茶方式，而樊绰笔下则是"蒙舍蛮"的粗糙的制茶、饮茶方式。但相同的都是"吃茶"，而且"蒙舍蛮"的口味更重，还要加点"姜、椒、桂"调味，这种重口味似乎在云南延续了上千年，至今云南的小吃、美食可谓"万物皆可蘸盐巴辣子"。

在朱宏的云净庄里，我们喝到了以邦东茶为原料，复刻唐朝制茶工艺制成的"唐茶"。这个创意源自朱宏的另一位茶道老师——孙皖平。孙老师在茶的美学、器具、历史文化等领域都有一定的研究。朱宏在与孙老师研习古代制茶技艺的时候，在交流中获得了研制唐茶的创意。"不走寻常路"一向是朱宏的路子，而孙老师经过对邦东茶的研究后，觉得这里的茶中正平和，非常适合制作唐茶。一拍即合之后，孙老师提供资料，朱宏则在邦东试制。

要复刻已经失传了一千多年的制茶工艺并非易事。《茶经》里简单的记录，不足以作为工艺标准，再加上原料、环境、制茶工具的变化，每一个环节的操作都要反复试验，每一个细节的把控都需要反复对比。经过四五年的试制，唐茶工艺才初步成形，但这肯定是带着现代文明的"唐茶"。朱宏为我们讲解了唐茶的制作工艺流程：

1. 采摘： 选择邦东村的夏茶为原料，精选一芽二叶的鲜叶，于晴天采摘。

2. 漂洗： 摘下的鲜叶先用水洗一道，再用流动的水漂洗2小时以上。通过漂洗可以把茶叶中的呈涩物质降解一部分。

3. 蒸青： 需将茶放入特制的木桶里，用高温高压的蒸汽在短时间内完成杀青。

4. 摊凉降温： 杀青完毕后需在极短时间内摊开晾凉，防止余温使茶叶继续发酵。

5. 装袋压制： 将茶叶分批次放入特制布袋，用石块压制10~12个小时以去除多余的水分及苦味，同时让茶叶有轻微的发酵。

6. 解块、揉捻： 长时间的压制，使得茶叶紧密粘连，故而需要手工解块，散去残余的水分和浊气后，再通过揉捻使茶叶均匀破壁，有利于激发后期茶叶的浸出物。

7. 复揉： 将茶叶摊晾散失一部分水分后，再一次进行揉捻，揉捻程度比普洱茶要轻一些。

8. 干燥： 最后使用栎木炭进行文火慢焙，长时间重复2次，方可制成。

唐茶制作流程之漂洗、蒸青、摊凉。

唐茶制作流程之装袋压制、解块、揉捻、干燥。

云起澜沧·茶出邦东

成品唐茶，有唐代"龙团凤饼"的雏形。
装入造型别致小巧的锡盒里，精致感满满。

采用以上工艺制成的唐茶只是散茶，散茶可以直接冲泡也可以研磨成粉末，或煎茶或点茶。而要复刻成唐代龙团凤饼的紧压茶，则是在茶叶干燥前就将其捣碎，放在模具里压制成形，脱模后像烤串一样，穿成一串，放在焙笼上烘焙至干燥。唐代的饼茶并不像现在357克的普洱饼茶那么大，一个只有50克左右，制成的饼茶一只手刚好可以握住，方便文人雅士们在手中把玩，甚至用彩线穿起来，挂在腰间衣裙前当禁步使用。

在云净庄芭蕉叶下的茶室里，朱宏先为我们冲泡了唐茶的散茶。因为制作过程中的揉捻很轻，茶叶没有晒青毛茶的条索状，就像《茶经》中描述的"如胡人靴者，蹙缩然"，唐茶的外形是褶皱的。以常用的盖碗冲泡，唐茶不苦不涩、清新鲜爽，没有生青气，带一点乌龙茶的兰花香，香香甜甜，非常适口。据说，很多来此的年轻人，一喝就会喜欢，毕竟这样的风味就如一个花季少女一样甜美可人。若将研磨成粉末的唐茶，以点茶之法冲泡，击拂后泡沫绵密、咬盏，喝起来苦涩感不明显，回甘持续，还有点海苔味，或者煮玉米的味道。

1	2	
3	4	5	6
7	8	9	

1. 陕西扶风县法门寺地宫出土的唐代宫廷煎茶道茶器（全套）。
2. 鎏金银龟盒（贮茶末）。
3. 鎏金飞鸿球路纹银笼（炙茶）。
4. 金银丝结条茶笼子（焙茶）。
5. 鎏金人物画银坛子（贮茶饼）。
6. 鎏金伎乐纹银调达子（调茶）。
7. 鎏金蕾钮摩羯纹三足架银盐台（贮盐）。
8. 鎏金鸿雁纹银茶碾子（碾制茶粉）。
9. 鎏金仙人驾鹤纹壶门座茶罗子（筛茶末）。

随着中国传统文化和茶文化的全面复兴，复原唐宋的饮茶之法也成为茶人之间的雅玩之事。尤其是宋代点茶，在《知否，知否，应是绿肥红瘦》《梦华录》等一波热门古装影视剧的带动下更是方兴未艾。且不论宋代的斗茶是否以视觉上的咬盏程度为评判标准，就我喝到的点茶茶汤而言，无论是以绿茶还是普洱生茶研磨成末进行点茶，均是苦涩味偏重，夺走了品饮的愉悦感。而邦东唐茶的制作工艺，从选料到每一个步骤，几乎都在努力去除大叶种茶的苦涩味。漂洗、团压、烘焙等工序都是在降解多酚类物质。最终呈现出既保留绿茶的鲜爽，又有乌龙茶的高香，清新淡雅、苦涩味低、甜感十足的"唐茶"，可泡饮，可点茶。

唐茶的价值还不止于此，以"味最酽"为审美的普洱茶，春茶是必争原料，价格也是全年最高的，而滋味相对清淡的夏茶，价格最低，很多地方都是弃采的。但是，如果能够充分利用夏茶，制作以香甜清淡为味觉审美的唐茶，那么茶区的茶农能因此增收，而云茶大家族也能新增一个古老又新鲜的成员。

探索邦东茶的无限可能，这未尝不是一个有趣且有价值的尝试？

（云南捌甲地农业发展有限公司｜本节供图）

第四节 邦东白茶，道法自然

18—19世纪英国人关于茶叶有一种荒谬的理解：红茶是长在红茶树上的，绿茶是长在绿茶树上的。直到19世纪下半叶，东印度公司将茶树的实物摆在英国人面前的时候，大家才明白，原来区分红茶、绿茶的是制茶工艺，同样一棵茶树上采摘的茶叶既能制成红茶，又能制成绿茶。

时间跨越了两三百年，随着茶学体系的不断完善，中国茶叶根据工艺的差异被分为了"六大茶类"。原则上，同一棵茶树的叶子以不同茶类的工艺来制作，也是能够制成六大茶类的，但是中国的茶树品种千千万，又衍生出了"适制性"的问题。不同的茶树品种都有自己

晨曦中的邦东云海。

适合生长的环境（山场），最适制的茶类。因而我国的名优茶往往会与地域名称紧密相连，比如云南普洱茶、西湖龙井、武夷岩茶、福鼎白茶、祁门红茶等。

茶树适制性是与其品种、基因息息相关的，一般来说，具有遗传多样性、抗逆性强、鲜叶内含物质丰富的茶树，在适制性上会更加广泛，或者说是可塑性更强。而有着悠久种植历史的邦东大叶茶便是这样的存在。在计划经济时代，邦东茶曾做成红茶调供出口，做成烘青绿茶供应内销市场，做成晒青毛茶为国营茶厂提供普洱茶的原料。可见邦东大叶茶的适制性是非常广泛的。在白茶市场异军突起之前，王国松就已经尝试用云南大叶种茶试制白茶，结果非常成功，虽是意料之中，但也充满惊喜。

云南白茶：云茶家族新势力

白茶，属于六大茶类之一，是轻微发酵茶，也是工艺相对简单、天然的茶类。

在很长历史时期内，白茶的存在感似乎没那么强。一方面，历史上的白茶和普洱茶一样，是专供出口的茶类，几乎没有内销；另一方面，早年白茶的产区主要集中在福建的福鼎、政和、建阳几地，产量有限，国内消费市场没有兴起之前，未形成规模化生产。

直到近10年，继普洱茶的全面复兴之后，白茶也终于迎来了自己的"春天"，以席卷之势在全国市场上崛起和风行，成为一种"现象级"茶类。白茶的风头正劲，或许也与普洱茶市场稍显饱和有关。总体来看，白茶的崛起大致从2006年开始，历经10多年发展，已逐渐被大家认知、接受、喜爱，在产量、成交量、仓储量、价格、流通速度等方面都大幅增长和提高。

提到白茶，很多人首先想到的一般是福建的"福鼎白茶"。的确，福鼎白茶经过多年的合力打造、推动，成了一个全国知名的区域公共品牌，为整个白茶市场的成长贡献了不可忽视的力量。但在近几年，随着白茶的价值被更多人发现，市场不断扩大，许多产茶区也开始加大力度发展白茶版块，我们也能看到，白茶产品的生产队列变得更为丰富了。

云南大叶种茶的适制性广是公认的，云南白茶也在这一波"白茶热"中顺势走进了大众视野，并且在普洱茶、滇红、滇绿等传统优势茶类之外，成为云茶产业发展的一股新势力。作为茶叶大省，云南不仅有属于自己的白茶制茶历史，也具有得天独厚的优势条件，让云南白茶在全国白茶市场崛起的趋势下成为其中的"佼佼者"。

我曾经在市场上听到过这样的说法:"白茶是一种不用营销讲解就能卖掉的茶。"这或许能在一定程度上反映出白茶为何会在近几年异军突起,成为市场上一种"明星"茶类的原因。白茶最直接的特点就是:滋味香甜、鲜爽、不苦不涩。香与甜是人类本能就会喜爱的滋味,品饮白茶也几乎没有门槛,它是非常易于被大众接受的茶类。此外,白茶在推广时期,以一句朗朗上口的"一年茶、三年药、七年宝"的宣传语,将白茶的健康价值和陈化价值同时囊括,并迅速在市场上流传。尤其是陈化价值,有普洱茶的珠玉在前,还可以减少消费培养的成本。此时,只需要一杯香甜的好茶,就能很容易俘获消费者的心。

邦东古树白茶,如山泉水般清甜、甘洌。

云南白茶工艺研制探索

在云南白茶的工艺探索上，王国松的起步相对较早。最早接触白茶的经营应该从2008年开始算，那几年还是淘宝电商的红利期。王国松遇到一批用景迈山茶叶原料做的"月光白"，那种入口馥郁芬芳、不苦不涩、甜润顺滑的滋味和口感，给他留下了深刻的印象。随即，他将其取名为"景迈贵妃"，并在电商平台销售，还曾引发了一阵销售热潮。严格来说，月光白应该是云南白茶的雏形，但也有别于现在的白茶工艺。王国松认为月光白更像是介于白茶与红茶之间的一种制茶工艺。

到了2013年，一位做福鼎白茶的客户来到云南，跟着王国松去了茶山，看到这里的茶树生态环境那么好，就提出了想尝试用云南的原料，按福鼎白茶的工艺来制作白茶的构想。为了做好这批白茶，王国松跑遍云南古茶山，在无量山一带寻找到一批性价比最为合适的原料，同时按照福鼎白茶传统的工艺要求搭建初制车间，再按照福鼎白茶工艺进行萎凋，甚至从福建购置传统的炭焙笼进行焙火干燥。

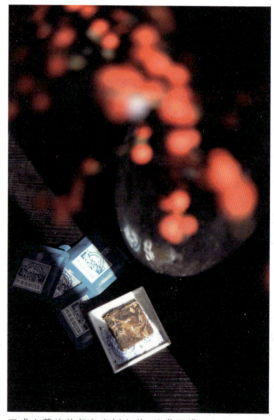

压成小薄片的邦东古树白茶，非常便携。

品邦东古树白茶，享自然生态之味。

王国松首度用云南的原料试制的白茶就非常成功，无论是将白茶原料压成饼，还是制成龙珠形态，喝起来滋味完全不输优质的福鼎白茶，而且在耐泡度、余韵方面有过之而无不及。后来他还惊喜地发现，这批白茶在仓储3年后就出了药香，不知是否是采用传统炭焙工艺的原因。其实，和武夷岩茶的焙火一样，白茶的焙火也是一项非常复杂而精细的工作，在火温的控制、焙火的时长、频次上，都非常考验制茶师的经验和耐心。所以，这样的传统工艺，即使在福鼎地区也很少有茶厂使用了，大多都用茶叶烘焙箱代替。

基于之前的云南白茶试制经验，2021年荣马茶业成立后，王国松就在生产普洱茶之余，开始了"邦东古树白茶"的研发和生产。为了在白茶工艺上更加精进，他专门邀请了在福建福鼎做白茶的老师傅来邦东实地考察，指导白茶的加工技术。经实地考察后，该技术顾问发现邦东的日照时间长、紫外线强；同时他也看到荣马茶厂的玻璃晒棚面积非常大，有足够的场地进行日晒干燥，就提出在邦东做白茶完全可以用日晒干燥取代焙火。

在专家的指导下，王国松学习并调整了白茶工艺的细节，并将日晒干燥的工艺确定了下来，这样制成的白茶就更加"道法自然"了。其实早在明朝，就有田艺蘅在其作品《煮泉小品》写道："芽茶以火作者为次，生晒者为上，亦更近自然，且断烟火气耳。"说明很久以前人们就已经意识到了生晒的价值，认为生晒者为上品。

邦东古树白茶：七分原料，三分工艺

很多普洱茶的制茶师会强调"三分原料，七分工艺"，普洱茶尤其是熟茶，的确是非常讲究工艺的。但是对于云南白茶，王国松认为应该反过来说："七分原料，三分工艺。"白茶的工艺，在六大茶类里相对是步骤最少的，理论上只有采摘、萎凋、干燥3个步骤，当然对每个步骤的细节把控决定了一款茶最终的品质呈现。

白茶不炒不揉，最为自然天成，甚至有学者指出，白茶工艺可能是人类最早采用和掌握的制茶工艺。但越是"道法自然"的工艺，也就越考验茶叶原料的基础品质。正如纪录片《舌尖上的中国》中的那句名言："高端的食材往往只需要最朴素的烹饪手法。"高端的茶叶往往也只需要最自然的加工工艺。

自有茶园优质的古树茶原料自然已经占尽"七分原料"的绝对优势；而邦东得天独厚的气候条件，也给"三分工艺"提供了更加天然的制茶环境。相对福建地区，邦东的高海拔，以及不那么高的湿度、充足的日照时长、日温差大、年温差小等气候特征，在这里制作白茶可以省去很多机械设备的辅助，比如烘干机等，制作出的白茶更为自然天成。经过多次试验和探索，荣马茶厂已经形成了较为成熟且标准化的邦东白茶制作工艺。

1. 选料与采摘： 经过多种原料试制的比对后，王国松发现用叶片稍小一些的古树茶原料来制作邦东白茶效果最好，不仅成品的外观较符合"芽白叶绿"的高品质白茶标准，而且喝起来香气更佳，茶汤更细，最能体现邦东白茶的特性。而在采摘标准上，统一采摘一芽二三叶，用以制作白牡丹级别的白茶。这也是最适合云南大叶种原料特性的白茶级别。

邦东古树白茶制作工艺之萎凋、日晒。

2. 萎凋： 采摘完成后，就要进行非常关键的萎凋环节。前面提到高品质的白茶要求"芽白叶绿"，叶片不能发黑发黄，也不能出现红梗、红叶，这对萎凋环节的精准把控提出了很高的要求，需要在降低茶叶含水量的同时，避免过度氧化红变。尤其是在变化多端的天然气候环境中制茶，"看茶制茶、看天制茶"显得非常重要。

为了更好地控制萎凋过程，荣马茶厂专门搭建了一个白茶萎凋车间，让房间的空间比例、通风程度都最适合白茶的萎凋，并从福建定制了大批量萎凋用的簸箕。根据云南大叶种的茶梗、茶叶相比福建茶区大的特点，簸箕的筛孔也特意做大了一些，能让茶叶更加通风透气，更容易散失水分。

坐落于昔归之顶、邦东之巅的荣马茶厂。

将刚采摘的鲜叶放入簸箕里进行萎凋，每个簸箕的鲜叶量不超过500克。依据每天的温度与湿度，调整鲜叶摊放的厚薄程度，比如雨季空气湿度大，或是鲜叶含水量偏高的情况下，就得摊薄，否则很容易捂出红梗、红叶；反之，就摊厚一些，避免走水过快，没有充分酶促氧化。通常萎凋要进行8~12个小时，根据茶叶走水的情况来调整萎凋时长。

3. 日晒干燥： 萎凋完成后即可将茶叶运至玻璃晒棚进行日晒干燥，接受高原日光的洗礼。一般从上午日出之后开始晾晒，到下午日落之前就能基本干燥。这时不能直接装箱，而是需要将干茶再次堆积起来，堆上一整天，用茶叶中的余温和水分继续完成"促醇"之后再进行装箱。日晒干燥的白茶其实非常考验厂家的硬件条件，需要有足够大的萎凋房和晒场才能满足产能的需要。

邦东古树白茶：道法自然，浑然天成

照此工艺流程制出的邦东古树白茶，从外观上看完全符合高品质白茶的特点：芽头嫩白，叶片、叶梗呈墨绿色，芽白叶绿，非常赏心悦目。开汤冲泡，清幽的香气扑面而来，让人仿佛走进了邦东大雪山的秘境森林，每呼吸一口，都是草木花香。茶汤呈黄绿色，干净清亮，入口细腻、柔滑，香气如涓涓细流在口腔中润开，舌尖上的鲜甜滋味带来持久的愉悦感，而且耐泡度也很好，一二十泡后余韵不减。

用邦东古树茶制作的白茶，相比于福鼎白茶是另一种审美：首先，条索粗壮，叶片较大，有的树种叶片上还会有丰富的茸毛，在中小叶种白茶面前，大叶种白茶粗枝大叶的雄浑之美尽显；其次，古树茶不仅内质丰富，而且协调性佳，很多源自土壤深层的微量元素，让茶叶的香气更为丰富、馥郁、多层次，茶汤也更醇和、甜柔，经得住长时间的焖泡和高温煮制；最后，丰富的内含物质也会让白茶在后期的陈化进程中底蕴深厚，转化空间更大。

澜沧江畔，云上邦东，生长在深山密林之中的茶树，有着多样的生物、微生物作伴，造就了茶叶原料无可比拟的生态优势。而白茶简单的工艺流程更让这种生态元素最大程度地保留在茶叶成品之中，让自然生态之味体现得淋漓尽致。

第五章

邦东茶旅
寻味之路

在茶山间行走,是爱茶人的旅程,而制茶是属于一片树叶的『入世之旅』。只有在茶山,才有机会去看,甚至是去体验从鲜叶采摘到成品茶制作的过程。制茶这门手艺,并没有想象中那么简单,每一个细节都藏着代代相传的农业智慧。

第一节

茶山那么美，请你来走走

旅行的意义是什么？

可能每个人的心中都有一个属于自己的答案。

美国作家亨利·米勒说："我们旅行的目的，从来不是个地理名词，而是为了要习得一个看事情的新角度。"而对于热爱普洱茶的茶友来说，行走茶山，一定是你"喝懂"普洱茶的一部分。没有亲眼看过茶山的人，是不能够领略到杯中那抹迷人芳香的自然之美。

每一款茶，从它诞生的那一刻起，其产地的地理信息、人文信息、制作工艺信息等，都已经被封印在茶里。但是这些信息单纯靠在茶室冲泡、品饮它，其实是无法全部汲取的。当你去茶叶的产区走走，

赏云海，品佳茗。（云上森然 | 供图）

看看茶树生长的环境，感受那片土地的风土人情，深入了解制茶的工艺……相信你一定会对普洱茶有一个全新的认识，建构起属于自己的认知体系。

当然，如果以上只是茶山旅行的唯一意义，那就是对云南大美山河的一种辜负。与其他茶的原产地不同，云南的茶山不仅有茶，也是西南边地大自然的一种极致美学符号。云南的茶山与省外的茶园有着天壤之别，在长山大水间，在高山云雾中，它们不是人工刻意开辟出来的独立地块，更不是割裂于大自然的存在，水文、土壤、茶树、村庄……都镶嵌在绵延不尽的森林中。飞鸟在蓝天白云草地间鸣啭，野生动植物在绿草红花中沉醉，镜头扫过的每一帧，都是一幅治愈系风景。

上茶山,来一场说走就走的旅行吧!

茶山行,我们为什么出发?

茶山行是我们习茶之路上一次又一次的课堂,对茶山的认知和想象、验证和调整,在自己的脑海之中构建属于自己的茶山知识体系,让自己更懂茶山,更懂茶山上的茶。

比如,常言说的"高山云雾出好茶"其实是一个含糊的概念,只有去了茶山才知道,茶山是立体多维的存在。海拔有多高?云雾有几成?24小时里光照的踪迹是怎样的?山的地理形态在如何塑造着这里生命的生长空间?这些都是影响一株茶树生长的关键因素,并且紧密地连接着它所产茶叶原初的滋味。在一趟茶山之旅中,旅者可以从海拔、土壤、气候、水文等自然因子中领悟到原来"一山一味"真的存在,它只是一种客观而朴素的描述,而非故弄玄虚。自然、真实、简朴,是云南古茶山的一种力量,未来这种力量将成为主流。

懂了茶山，还要向山中的茶树走近一步。漫长的光阴中，茶树演绎出了丰富的遗传特性，产生了许多细分的品种，并且它们与森林间的其他动植物已经调整出了最佳的相处状态，形成了稳定的生态系统。茶树在万千植物中，与人的缘分最深，一缘便是数千年。陶渊明曾说："人生无根蒂，飘如陌上尘。"而茶树们的根在深深的泥土中蜿蜒，往四方延展生长的枝干，如虬龙般劲道有力。这样的生命，总会给人心以某种深邃的安慰。在茶山间漫步，与一棵又一棵茶树邂逅，发现他们每一株都有自己的性格。此时，也要提醒自己从茶树的形态审美中抽离出来，通过种质资源知识将它们区分开，是勐库大叶种还是邦东大叶种？有什么样的品质特色？适制性如何？要穿梭在感性和理性的认知中真正读懂茶树。

在茶山间行走，是爱茶人的旅程，而制茶是属于一片树叶的"入世之旅"。只有在茶山，才有机会去看，甚至是去体验从鲜叶采摘到成品茶制作的过程。制茶这门手艺，并没有想象中那么简单，每一个

山中小屋，茶园倩影。

邦东古树茶制作工艺之采摘、摊晾。（云上森然丨供图）

细节都藏着代代相传的农业智慧。摊晾、杀青、揉捻、理条、干燥……制茶教程里一板一眼的步骤，只有在茶山亲眼看到、亲身体验过，才会变成心中熟知的常识。这时候，多半也才能自知，原来自己与一杯茶的距离可以如此近。从一片树叶到入口的一杯茶，如果把其间发生的事都置于认知之外，将会是人生的一种遗憾。制茶是最难的，但也是学懂茶最快的方式。当你了解了制茶每一个细节的奥义，就可以从一杯茶的滋味、口感中去倒推工艺，成为别人眼中的高手，或者练就在茶桌上与行家切磋的功底。

茶树和人生活在不一样的世界里，历经春夏秋冬，走过自然的更迭。来年春季再看到它，其实已是崭新的生命。而鲜叶在树梢上生命的结束，却是走进人类世界的开始。在茶山，超越对制茶认知的一切细微哲思亦会慢慢变成自己生命中的一部分，在未来品饮每一杯茶的时候不知不觉变得谦恭宽容。

去茶山，也少不了看人文风土。在村寨民居之间穿行漫步，到茶农家讨碗茶喝，在火塘边小坐，喝一杯当地传承悠久的烤茶，感受与茶同在一片土地上的人们的信仰、心态、生活节奏，也能对他们管护的茶树有更多的了解。譬如在民族信仰浓厚的土地上，人活在茶的信仰中，茶活在人的安抚里，朴实的民风在金钱诱惑面前也更能守住底线，他们管护的茶便少了很多施化肥、打农药、以次充好的可能性。当你看到茶在当地的生活中扮演着什么样的角色，当你真实感受到茶对当地的茶农意味着什么，你会理解这里的茶为什么是如此的滋味，每一种味道里的风土讯息都是有迹可循的。

行走茶山是喝懂茶必不可少的一部分，也是于茶中延展自己生命的一种方式。无论何时回想起茶山间的岁月，都是和大地直接接触时让人倍感酣畅的自由舒展，茶树呼吸过的空气夹杂着清晨的薄雾水珠或是傍晚的一丝凉意进入身体。在原始森林间漫游，身体彻底被放空，那个在都市中行色匆匆、焦虑不安的灵魂也不断得到治愈，生命正是在此刻得到延展。

茶山，茶村，茶旅

很久以前，野生茶树生长在人迹罕至的原始森林间，随着当地先民陆续到来开垦土地、安家落户、春耕秋收，也开始了驯服茶树的漫长光阴。如今在云南许多产茶区，村村寨寨，房前屋后，田间埂垣，目之所及都有栽培型茶树的身影。随后，世界现代化的发展撬开了田园生活的门窗，连绵巍峨的山脉成了住在这里的人们走向外面世界的阻碍，但好在山上的茶树给了他们与外面世界连接的机缘。云南普洱茶的许多核心产区在近年来声名鹊起，有老班章一般的"土豪村"，也有着许多因茶而摆脱贫困的少数民族同胞。

如果说，旅行的目的更多是习得一个看事情的新角度。那茶山之旅，想必能够以古老的茶树之名，让茶山、茶村与旅行的关系在不一样的解读中获得崭新的发展。茶山、茶村、旅行，分别意味着大自然、当地居民、外来的旅行者。当三者达到了恰如其分的平衡与和谐，茶

山中日子，生态美食。

邦东大雪山是茶旅爱好者的天堂。

旅融合及乡村振兴便有了真正的繁荣。"茶旅"从来不是茶产业与旅游产业的简单叠加,更像是一种紧密的共同体。山川在了无人迹时便矗立于此,当地先民从未忘记大自然的恩赐,许多茶区村庄至今都存续着敬仰茶神的传统,正是人与茶这种经年累月的和谐共生,引来了外面世界的好奇与偏爱,当外界通过旅行与茶山、茶村以及茶叶建立起密切联系的时候,这个共同体就很难再被分离开。

茶山,去一次是不够的。且不说云南茶区的广袤与多元,就是同一茶区也处在日新月异的变化中。比如邦东茶区,30年前这里还宛如遗世独立的村落,千回百转的泥土山路,外界来这里的人少之又少;20年前已经有了做普洱茶的拓荒者,他们感叹这片澜沧江畔的风土,发自内心喜爱着这里的茶叶;10年前邦东三杰在茶界已小有名气;近几年,昔归、那罕、曼岗都走出了自己的个性化之路。整个茶山的样貌和它背后的经济、资源、人文等都发生着改变,而茶山之旅就是看见这些点点滴滴的变化,获得更多解读茶山的思路。

邦东周围还星图般散布着很多小众的茶旅之路。邦东大雪山千万年来一直俯视和怀抱着邦东这片深厚的土地,已是爱茶之人的"朝圣之地";百里长湖粼粼波光中似映照着茶马古道的过往云烟;被誉为

云起澜沧江，茶出邦东

在朝霞中涌动的邦东云海。（云上森然｜供图）

"世界茶树演化自然博物馆"的白莺山上还留存着许多国际爱茶友人的足迹；在每一个往复的黎明，澜沧江面云翳如海，似乎是在刻意躲避尘世；昔归别致的茶香反复敲击灵魂，让接下来的茶马古镇之旅也更加真实；墨江碧溪、侨乡振太、凤庆鲁史、凤庆古墨村……

许多人向往"藏地之旅"，藏族文化体系中的"转山"有着重要的意义。有些时候，发源于雪域高原的澜沧江流域的群山，同样存在着转山般的意义。究竟该如何讲述身居茶山间的每一分每一秒？那或许可以算作爱茶之人的信仰所在，语言此刻是苍白无力的。清风明月，阳光雨露，晨雾暮云，花木芬芳，普洱茶具百般滋味、万番风味的缘故，就在澜沧江流域的群山森野中，亘古的生灵万物主宰着这里的一切。只有不断去、反复去茶山，才能无限接近普洱茶那真实而流动的世界，并穷尽一生细细品味。

第二节 邦东茶旅路线一

邦东大雪山

雪山,从来都是"诗与远方"的终极符号,世间的每一座雪山似乎都被某种坚定的信仰所授印,书写着超越尘世琐碎的珍贵故事。位于青藏高原东南部的横断山脉囊括着滇西的诸多辖区,就在滇西北沿线,一座座雪山守护着这片古老的土地,白马雪山、哈巴雪山、梅里雪山……这些位于云南境内的高海拔雪山(海拔都在5000米以上),如今无不是人们朝圣的归途。

但云南的雪山之境其实并未止于此,沿着澜沧江南下,依旧有低海拔的"雪山"的存在。只是与那些千年冰封的雪山不同,它们虽有"雪山"之名,却是一片绿海明珠,雪反而成了点缀。临沧有很多大雪山:勐库大雪山、邦东大雪山、永德大雪山、凤庆大雪山……所以,在

邦东大雪山中的秘境森林。

临沧与人讨论大雪山的话题，得先明确是哪座大雪山。北回归线附近的临沧，终年温润，雪是个稀罕物，那些海拔3000米左右的山脉，到了冬天山顶就会下雪，远古的村民们见到山顶会下雪的山就直接命名"大雪山"了。

迷雾森林，雪山秘境

位于临沧市邦东乡辖区内的邦东大雪山，是澜沧江流经中国境内最后一座低纬度雪山，这里有全球低纬度、高海拔的高山积雪景观。处于亚热带的邦东大雪山虽然没有藏区雪山的"朝圣感"，但依旧有着自己浓烈的性格——同样是世间的一片净土。山巅有白雪圣境,山间有寂静森林,山腹有绿野仙踪,山脚有纵横的江流涌入澜沧江。

横断山脉纵谷区南部的高山峡谷,亚热带低纬度山地季风气候,这种地形与气候共同塑造出来的山川地脉,既拥有热带原始森林的遮天蔽日、与世隔绝的野生自然之感,宛如西双版纳或亚马孙那样的神秘雨林,同时在高海拔之处,又拥有着高山之地特有的凛冽与寒冷,高山草甸的空旷与静谧守望着山巅白雪所流溢的神圣。

邦东大雪山一景。

从自然科学的角度来解读,邦东大雪山垂直的立体气候呈现出3种气候带:温凉带、温和带、多雨湿热带。2100~2400米为温凉带,1300~2100米为温和带,而我们熟知的邦东大多数古茶园所分布的地带就位于温和带,1300米以下澜沧江沿岸为多雨湿热带,紧紧守护在江边的昔归村便属于多雨湿热带。

和其他的雪山一样,邦东大雪山有着自己的主峰和其他绵延的群峰。主峰海拔3249米,意味着站在主峰之巅,其实便与"消失的地平线"香格里拉拥有近乎一样的海拔。同样的海拔,蕴含的亦是相似的心态,皑皑白雪治愈着微小而疲惫的生命,远离尘嚣的自然圣境改写着灵魂的姿态。

一个人的名字,是理解这个人的开始;一座山的名字,也是对这座山认识的起点。据临沧的老一辈人说,以前冬春之时,邦东大雪山山顶厚长的白雪总如约而至,雪线比现在低些,大雪山之名并非虚得。绵延的雪山境内,有一处名叫"黄草坝"的高山草甸,在这片距离苍穹很近的旷野中,四周一片寂静,偶尔能够听到漫步的牛羊带来的声响。这里是一片能够使人陷入沉思、获得平静的地方,也是远眺大雪山主峰的绝佳之地。

邦东大雪山上的高山草甸。

高纬度的雪山几乎都有大量的冰川，这些冰川，就像瞬间凝固静止的水流，永恒守护着身旁的雪山。但作为澜沧江流经中国境内最后一座低纬度雪山，邦东大雪山是没有冰川的，取而代之的是极度丰富的水系资源。连绵的山脉间河谷纵横，在山间行走，随时都能遇见姿态各异的瀑布、溪流、泽地。处于低维度空间的灌木类植被浓厚茂密，他们那各自斑斓又统一的复古深邃的绿色，日复一日被这些充满生命力的水源沁润、守护着。在大雪山中有着一片片水汽弥漫的迷雾森林。分别来自阿拉伯、伊朗及印度半岛北部等地区和印度洋的一冷一暖的两支气流，都为邦东带来了充沛的降水，山间亦经常雾气朦胧。这样的"风水宝地"，也孕育出了邦东云海的波澜壮阔之景。

千年前唐朝的茶圣陆羽曾在《茶经》中写道："上者生烂石，中者生砾壤，下者生黄土。"当时的他尚未到过今云南境内，但邦东茶区，已经将"上者生烂石"演绎了数千年。赤红壤、山地红壤和山地黄壤覆盖包裹的是不同的岩石体，造就了邦东"茶石共生"的独特自然景观。在大雪山间漫步，总能遇到大小不一、形状各异的石头，他们就像大雪山的

邦东大雪山中有着丰富的水资源。

生物多样的邦东大雪山。

守护者,有的静静端坐在溪流周围,有的与古木密林融为一体。邦东大雪山的主峰石,是几米高的花岗岩巨石攒聚在一起的,风霜雨雪在数不清的年岁里剥蚀着这块巨大裸露的岩石,但它依旧在那里,只不过在青黑若黛的岩石身上多了些苍苔。

阳光照耀着邦东大雪山间的迷雾森林自然秘境,最终以散射开的光束落在土地上,这不仅塑造了茶树最喜爱的生长环境,也成就了丰富的菌类世界。古茶树、菌类和一些水生动物等其实是大自然顶尖的"生态试纸",他们对所生长的自然环境要求很高,一旦所处的生态环境发生了细微的改变或者是微小的污染,就很难看到它们的身影,即便看到了,他们的风味也会发生很大的变化。良好的生态环境让邦东大雪山至今还完好地保留着珍贵的远古植被,因此其也被誉为"滇西南绿珠",被列为云南省自然保护区、风景名胜区。

朝圣邦东大雪山。

邦东大雪山的朝圣之旅

其实，邦东大雪山上的高海拔之地几乎没有栽培型古茶树，只有零星分布的野生型古茶树群落和部分茶科植物。邦东大雪山之于邦东茶区，更像是一个精神图腾。它如圣山一般守护着这山脚下数万亩的古茶园，见证着"邦东三杰"从寥落无名到声名远播。不同于普通的茶山行，踏上邦东大雪山的旅途更像是一场朝圣之旅。

从抵达邦东大雪山境内的那一刻起，就开启了体验敞开心扉的通透时光，尤其在林间山腹中的茶席，有着不可言说的疗愈能量。越野在邦东大雪山的秘境森林里，布一道茶席，以雪山清泉，煮水烹茶，意趣盎然。

邦东大雪山一景。

车不知不觉进入了一片与世隔绝般的秘境中，一条溪流阻断了汽车向前的道路，宛若抵达了进入另一个世界的大门。眼前仿佛是由暗黑系森林构筑的秘境之门，参天大树，暗泽遍地，一些巨大的朽木匍倒于地上，营造出一种苍凉之感。再往深处走便是由宽敞的溪流与巨石共同构筑的陡峭密林，身后是敞开的土地和由此延伸出去的山间小路。我们决定在这交界之地布置茶席，将两种风景映射的精神世界间的牵动彻底交给这场茶事，也将所有的心绪寄托在山间的茶席中。

我们把茶具一一拿出，轻缓地放到了清透的溪流中净尘。来自邦东大雪山山腹的溪水为茶具渗出了灵韵，携带的茶叶就放在这山水间的一小块方寸之地"醒"着。杯壶炉盏一一备好，苏醒的茶叶与沸腾的水碰撞周旋，茶气跃然升起，横升在眼前，远处的参天树木、深邃密林在缭绕中成了隐秘之境。茶汤顺着喉舌落入腹中，湿润微凉的山间气流里，身体暖意四起，紧接着悠悠的韵味逐渐包围着茶席。这个时候，人的声音静下去，自然界的声音不断显现出来。百鸟之音流荡在苍茫的大雪山间，也流经到我们茶席所处的角落。这场居于山间的茶事，眼、耳、鼻、舌、身与意，六根无不得以清净，甚至让凡尘琐事的念想也被隔绝，"辛勤劳作，晨耕暮读，心归山野"之愿浮现。心，从未如此平静，如此透彻。

初春时节的大雪山上大树杜鹃的花期已到，车停在入山的垭口，穿过一片巨大的树林后，漫山遍野的大树杜鹃赫然现身。火红色的鲜花在一棵棵高大乔木粗壮的枝干上盛放，树树流火，处处飞红，如徜徉火红花海，震撼无比。这是仅属于云南高海拔山地的大树杜鹃（长于海拔2800~3300米的混交林中），是杜鹃花科中全球现存最高大的乔木树种，是世界植物界极为珍贵的树种，原始的古老类型，云南乃至世界具有代表性的明星物种，被世界自然保护联盟（IUCN）列为极危物种（CR）。

我们继续沿着"五老山防火专线"一路蜿蜒而上，汽车很快就隐没在了茂密的森林中，窗外的风吹拂在身上，明显感觉到温度在不断下降。当刺骨的寒意袭来之时，便抵达了那个称为"黄草坝"的高山草甸，海拔超过3000米。那片无比接近苍穹的旷野，是远眺邦东大雪山主峰的绝佳之地。在这片草甸上，有一棵孤独苍凉的大树，人们大多叫不上它的名字，却几乎都熟知它的背影。整个草甸只有这一棵树

邦东大雪山中盛放的大树杜鹃。

作者与雪山主峰"守护者"的合影。

是单独生长的,它距离山崖边缘很近,茂盛伸展的树冠显露着这棵树豁达的气场,当你望向远方的雪山主峰时,根本无法忽视这棵树,它似乎已经成了主峰的守护者。我们索性把车扔在一旁,肆意地在树下聊天、跳跃、奔跑、发呆,一张张与"守护者"的合影照片得以留存,照片中我们那伸展而自在的造型,在远方雪山主峰和这位"守护者"的共同注视下,显得无比珍贵。

这一路上,经常能遇到隐藏在路边密林间的诸多瀑布、溪流,这些对同行的摄影师有着"致命"的诱惑,清澈毫无杂质的水流,姿态具有视觉冲击力的岩与石,光影与植被合拍的美感呈现……这一切景致,让几位摄影师没有犹豫一秒,便头也不回地往瀑布溪流的高处走去,湿滑的岩石表面险些让他们滑落,但也无法阻止他们不停用手中的相机记录着此行此景。

这一天充满冒险、欢喜、充实却也疲惫的旅途,是在炊烟袅袅的漫潭度假山庄结束的。这个位于邦东乡与云县大朝山西镇交界处的山庄,实则是个吃火塘羊肉的宝藏餐馆。依顺着澜沧江傍山而建,与连片随心生长的茶园相伴,几个用木头搭起来的小木屋,便是包间了。木屋里用砖块砌起的火塘,炭火烧得正旺,驱除了夜幕中的寒意。

当铜锅端出肉香满溢的羊汤锅时，饥肠辘辘的我们眼中瞬间有了光芒，大雪山的高山草甸饲养的生态山羊，吃起来完全没有膻味，配上灵魂蘸料，紧致而不柴的肉质在口腔的咀嚼中交织着鲜香美味，搭配自耕自种的农家蔬果鲜爽十足。一顿风卷残云般地大快朵颐之后，火塘边炙烤着的陶罐中的古树茶正冒着浓厚的茶香，同行的伙伴突然拿出咖啡手冲壶，在烤茶的馨香中兀自冲起一泡醇香的邦东咖啡，惹得大家惊呼："神搭配！"酒足饭饱后，左手咖啡右手茶，化油解腻，怎一个"舒坦"了得！在这火塘夜话之地，享用生态美食，起身便能远眺邦东绵延万里的山脉，脏腑与五官，全都沉浸在山间的治愈中。

游完邦东大雪山，下山在漫潭度假山庄享用火塘生态羊肉，鲜香美味，驱寒暖身。

第三节

邦东茶旅路线二

昆明—碧溪古镇—邦东

昔归—嘎里古渡

尽管现在从昆明到临沧已经有高铁可以乘坐，但是要去邦东来一场自在而透彻的茶山之旅，自驾出行是首选。随着墨临高速的全面通车，从昆明到昔归已经实现全程高速了，而且在昔归村设高速路上下口，全程400多公里，5个小时左右就能抵达。相比坐高铁4个小时到临沧市还要转车去昔归，自驾反而更方便。如果只是从昆明一路通达昔归，那这趟旅程未免显得有些枯燥了。在途经普洱市墨江县的时候，有一个茶马古道上的古镇，名叫碧溪，一定不要错过，这里会有你意想不到的惊喜。

碧溪是茶马古道上一个有着深厚历史底蕴的古镇。

碧溪古镇：滇中十字路口的"碧绿宝石"

在很长一段历史时期，墨江是内地通往滇南边疆和东南亚的"十字路口"，也是北接玉溪、昆明，南通西双版纳，西连临沧一带，东走红河、文山的重要途经地。商家旅客们自东南西北四方而来，在碧溪汇聚后复往四方而去。墨江古为重要关隘，今亦是交通枢纽，213国道、221国道、323国道和昆磨高速、天猴高速等交通要道在此贯穿交会。从昆磨高速转向墨临高速（天猴高速）之前，专门为碧溪古镇开了上下口，从高速路口拐下去，几分钟就能抵达碧溪。

碧溪古镇没有被过度商业化，充满着生活气息。

碧溪原名"碧朔"，"碧朔"二字至今还印刻在进入碧溪的城楼之上。"朔"字原取其本意，有开始、起始的意思。碧朔，永远承载着如晨之初般全新开始的希望。这是一个宁静祥和且有着深厚历史底蕴的茶马古镇。据《云南通志》记载："明永乐四年（1406年）设恭顺州时，碧溪古镇为恭顺州驻地，建有城垣，隶属元江路万户府、元江军民府。历来儒风浓重，商贾云集，文化较为发达。"

400多年过去了，今天的碧溪不再是为了商业旅游而存在，而是为了自己而活，是"在路上"的人们的旅途港湾。它没有任何被商业符号标记的网红打卡点，离开时也不会让人产生"去过一次就不用再去"的想法。碧溪就像滇中十字路口的一枚"碧绿宝石"，折射着灵动深邃的流光，是那种一生中可以途经无数次，为旅人们提供歇脚休养之所的风水宝地。以前如此，未来亦然。

这里没有那些被严重商业化的街道，没有那些热闹的酒吧和林立的贩卖同质化旅游商品的店家，有的是经营多年的小吃老店、自营的农家乐,以及真正意义上的民宿和生活用品店。青瓦白墙,叠檐错落,庭院深深,古镇之韵依旧,以儒家文化为代表的中原文化和以山地稻作农耕为代表的哈尼族文化在这里碰撞交流,这份对碧溪"灵魂"的构筑在建筑群落上亦能有所感触……碧溪的每一个细节都藏着城市难有的烟火气与祥和之韵。

碧溪古镇古有护城河环抱,曾建有城墙,镇内主干道呈"十"字状,通向东、西、南、北四方的城门,现仅存东城门。这"十"字状的主干道似乎也形象而完美地诠释着这里作为交通枢纽的意义。碧溪的本地人似乎早已习惯了这里数百年来作为交通枢纽之地的身份,开店铺的人们或与邻里寒暄,或操持着手中的活计,不会向路过的旅人过度吆喝,售卖自家的物件与干货。但隔三岔五总有"吃货"旅人经受不住这般烟火气的诱惑,忍不住上前询问求购,黑花生、紫米粑粑、地瓜干……悉数打包,带上了旅途。

祥和宁静的碧溪古镇。

人杰地灵的碧溪古镇，还完好保留着庾氏家族的故居。

在古镇的十字路交会口是魁星阁，也称"八角楼"。寻着八角楼旋转的石梯而上，站在阁楼上登高眺望，向八面望去的景致都足以撼动内心：斑驳而古老的砖瓦斜檐近在眼前，似乎伸手就能触碰；八角楼为3层楼土木古塔式建筑，顶置铜葫芦，底层有4根大柱为基，楼角飞檐挂着风铃，铃声清寂，是静谧的古镇中为数不多的声音，底层的亭身外围建有城门般的楼台，可供凭栏远眺。八角楼并不算高，其楼台离地面不过三五米，似乎正是这样高度恰当的视角，既突破了平日里的视角，又不会显得高高在上。沿着街巷望去，能让人内心派生出难寻的宁静和体恤苍生式的温柔。

八角楼旁，庾家故居的牌匾格外明显。有名人雅士诞生、居住的地方，无论地方大小，总会在一定程度上让这个地方更添几许钟灵毓秀之气。碧溪这片土地，曾养育出了赫赫有名的庾氏家族。台湾著名歌手庾澄庆就是这个庾氏家族的后人之一，他祖父的三哥——护国将军庾恩旸，是当地家喻户晓的杰出军事家。庾恩荣、庾恩锡兄弟二人更在经商、从政上大有造诣，后者曾任云南水利局局长、昆明市市长，为当地城市建设做出极大贡献。

庾氏家族在经商中还与茶结缘。据《墨江县志》记载："墨江是著名的'普洱茶'出产地之一，而域内碧溪须立所产的'须立茶'是清代的贡品茶……"庾晋候和李子忠等人在墨江县景星镇开办的新华茶厂是当时普洱茶界的"模范茶厂"，而在昆明设茶庄的街区也因景星茶而得名，即今天的景星花鸟市场。如今，庾家故居这"一颗印"式四合院，古色古香的韵味及庾家人留下的传奇故事与碧溪古镇已融为一体。

从庾家故居往下走几步，便是我们每次途经都必吃的手工现磨豆花。这家店铺没有招牌，却人尽皆知，老板说他们家已经在此经营这个豆花铺上百年了，坚持手工现磨，

庾家故居内景。

碧溪古镇的手工现磨豆花和豆浆，是绝不能错过的经典美食。

每天限量供应，卖完就关门。来一碗丝滑可口、清凉飘香的豆花，记得加一勺独家秘制的辣椒油；再来一碗香浓的豆浆，刚晾凉一会儿，豆浆表面就能用勺子捞出厚厚的一层豆皮，口感软糯香滑，颊齿留香。这两碗下肚，一路上的饥渴、疲惫便一扫而空，又能重新上路了。

　　碧溪是那种可以常来常往的古镇，在古镇落脚停歇的每一刻，都是沿途中平静思绪的回归。哪怕在碧溪小住一夜，也能让旅途中同行的人们增进彼此的情感，人和人，此时就生活在彼此的身边。到古镇城门楼外的几家农家乐吃色香味俱全的哈尼族特色饭菜，在古镇的悠然空间里，在经商、从政均有所造诣的庾家大院浓厚的余韵庇护下，若是亲朋好友则情分更进，若是生意伙伴则默契更长，若是旅人过客则心境更和……

昔归，除了忙麓山还有古渡及美食

作别碧溪古镇，一路西北偏西行驶，2个多小时就可抵达昔归收费站，从高速路下来，便是昔归茶旅小镇了。由于昔归老寨已于2014年完成搬迁，寨子里仅留了少部分初制所，所以空地较多，也就有了更多空间来建设茶山旅游的配套设施，目前昔归老寨已经被打造成了一个初具规模的茶旅小镇。

车行至昔归小镇，有规范的停车场。站在宽敞的观景台上可以眺望碧波荡漾的澜沧江，从观景台往上走是昔归茶博馆，从新石器时代走来的昔归历史进程迎面相向，讲述着数千年的悠远茶韵。茶博馆的二楼是整层的茶空间，坐在窗边的茶桌前，可以一边品昔归茶，一边欣赏江景。围绕着昔归茶博馆，周围的餐饮服务也非常到位，几家各具特色的餐馆，让远道而来的茶友来了不会饥肠辘辘而归。回想十来年前，我们首次到昔归的时候，中午能够充饥的只有在邦东乡上买的方便面，还得找茶农讨点热水，才能勉强果腹。

初到昔归，建议把忙麓山古茶园之行留予次日清晨，因为在晨雾笼罩中的古茶园，才是忙麓山最完整的样子。如果从昆明朝发夕至，此时难免有些疲惫与饥渴，此时最佳选择是行至澜沧江边的嘎里古渡。先在江边散散步，掬一捧沧江水，感受这条"茶的河流"的柔情与清凉，或去江边的昔归客栈喝杯昔归古茶，一解旅途的疲乏与暑热。

若饭点将近，可在嘎里古渡边预订一艘渡船，到江对岸镇沅秀山的老船长农家乐，吃一顿最具澜沧江特色的美食。踏上铁皮渡轮，可站在船头，看昔归大桥赫然立于眼前，任和煦的江风肆意吹拂，发丝凌乱。虽然只是那么几分钟，却能让思绪飘飞至当年马帮的情景，马帮驮着茶叶由此渡江，从此昔归忙麓茶便穿行在茶马古道上，行至终

从嘎里古渡坐渡船，几分钟就能到对面镇沅县秀山镇。

点，抑或是梦之起点。下船便已进入普洱市镇沅县境内，手机上很可能会飘来一条"普洱移动欢迎您"的短信。步行几百米便是本地闻名的老船长农家乐，料想老板家也曾在这江边摆渡过吧。

澜沧江边的美食，非江鱼莫属。其实"江鱼"不是一种鱼类，而是澜沧江流域多地人民对生长在江中的鱼类的总称。一般包括银鱼、鲫鱼、鸭嘴鱼、鲤鱼、草鱼、青鱼、鲢鳙鱼、鳊鱼、黑鱼、鲶鱼、翘嘴、马口鱼、鲈鱼、江团、江鳅、江白条等，过去多为野生的，现在也有养殖的了。

神奇的澜沧江发源于青海唐古拉山，流经西藏和云南的迪庆、怒江、大理、临沧、普洱、西双版纳等地，在西双版纳勐腊县出境，在境外称湄公河。它连接中国、老挝、缅甸、泰国、柬埔寨、越南6国，在越南胡志明市汇入南海，是亚洲唯一的"一江连六国"的国际河流，被称为"东方多瑙河"。但爱茶人更愿意称其为"茶的河流",普洱茶的核心产区皆处于澜沧江流域中。

富饶的澜沧江由于流经区域具有独特的气候特点和地理条件,是中国动植物物种资源极为宝贵的遗传基因库,而且澜沧江水系孕育了世界上最丰富的淡水鱼类生态系统,仅次于亚马孙河流域。2000年,澜沧江流域被世界野生动物基金会确定为最重要的淡水鱼类生态区域之一。所以,行走于云南茶山,山区吃土鸡、江畔吃江鱼,这是惯例。

江鱼实则也不是什么珍稀品种,唯一一个字就是——鲜。没有鱼塘里饲养的鱼的土腥味,无须太多调料,哪怕清水炖煮,撒点盐巴、葱花足矣,吃到的鱼肉都是鲜甜可口的,完美诠释了纪录片《舌尖上的中国》里那句名言:"高端的食材往往只需要最朴素的烹饪方式。"当然,清水炖煮未免过于朴素,毕竟江鱼那么多种,各种鱼有其最适合的烹饪方式。

人气满满的老船长农家乐。

老船长农家乐的部分生态美食：包烧草鱼，清汤江鱼，酸木瓜火腿炖土鸡，油炸江白条。

　　老船长农家乐的招牌菜是包烧江鱼，各种辛辣鲜香的佐料裹在草鱼上，用锡纸一包，火上一烤，五味皆入鱼肉中，非常适合重口味的人。当然，佐料的配方每个餐馆自然都是秘而不宣的。

黄焖江鱼，当地人叫作老面瓜鱼，属鲇科，因肉色呈金黄色，很像煮得熟透了的老南瓜，故而叫老面瓜鱼，由于体形偏大，可称得上是江河中的"鲨鱼"，是大江中鱼之上品。老面瓜鱼鱼皮口感胶质，鱼肉则反之有绵软的感觉，两种不同的口感交织，别有一番滋味。

江白条，鱼肉肌纤维较短，蛋白质的结构松散，水分含量较多，江白条离开江水就会死去，捕捞出来后若不及时清理鱼肚，会腐蚀变臭。不能煮了吃，会见鱼刺不见鱼肉；最好的吃法是油炸，把江白条油炸成金黄色，撒少许盐，是最好的下酒菜。

另外，江鳅、江团做清汤鱼甘甜鲜美，还可做酸辣味，而鲈鱼清蒸味道最美。还有银鱼烩豆腐，放点猪油、草果粉、胡椒粉、葱花，在锅里翻炒，味道鲜嫩可口……

尽管土鸡也是云南大部分乡间的特色美食，但是在澜沧江边有江鱼的鲜美在前，土鸡的光芒反而被掩盖了。但是土鸡也是必点的，可黄焖，也可与各种山珍、农家火腿一起清炖，要知道，离开这里你便吃不到吃着茶园里的虫子长大的走地鸡咯！

第四节 邦东茶旅路线三

邦东—白莺山—百里长湖

澜沧江不愧是一条"茶的河流",从澜沧江畔的昔归溯江而上,200公里外便是另一座被称为"茶树演化自然博物馆"的神奇茶山——白莺山。

位于云县漫湾镇的白莺山,海拔1800~2300米,即使从云县出发,也要在盘山公路中弯弯绕绕两三个小时才能抵达,对车技是一种极大的考验。但踏入白莺山村的那一刻,便会觉得一路的颠簸都是值得的。澜沧江似乎将其流域中段的风情悉数赐予了白莺山,潺流溪潭,厚密山林,交叠出深邃宁静的绿野仙迹。品种丰富的古茶树散布其间,茶花盛开时,与艳阳散射林间后幻化的七彩光芒缠绵。

白莺山的四季是立体的,涵藏着不同的世界:若是冬日来此,山

云县的白莺山被誉为"茶树演化自然博物馆"。

间凛冽清凉的空气在每一次呼吸间洗涤肺腑,冬日的暖阳与山间寒凉的露气同时触碰着身体,带来极致的山间体验;若是夏日来此,林中绚烂多姿的绿是穿透心灵的盎然生命力,蝉鸣声藏于整个山间,起伏的峰峦常被金色的阳光洒遍。四季更迭,数千年来,"多代同堂"的白莺山古茶树,始终在那里,等待被发现。

茶树演化的"诺亚方舟"

或许我们在抬起一杯茶品味茶气中的岁月静好时,并不会去想十年后、五十年后、一百年后,茶树的繁衍与培育该何去何从。所以,行走茶山,也在这个时候有了意义。在云南,几乎每一座茶山都有自己的性格,有的茶山"耐看",有的茶山"耐喝",有的茶山历史悠

白莺山上随处可见高大粗壮的古茶树。

久,而像白莺山这样的茶山,则是独一无二的茶树资源的基因宝库。

  白莺山的存在,关乎植物学领域和农业领域一个重要的课题——种质资源的保护与研究发展。在对植物"驯服"的进程中,那些经济性状优异但遗传物质单一的新品种替代了经济性状较差但遗传物质丰富的老品种,这个现象成了作物生产和育种不可小觑的隐忧,茶树也面临着同样的问题。

在白莺山间漫步，能够遇见很多不同品种的茶树，每一株都焕发着旺盛的生命力，屹立在田间地头。这里世世代代的先民根据茶树的外形特点，给他们这些老邻居取了亲切的名字：本山茶、二嘎子茶、勐库茶、贺庆茶、藤子茶、白芽子茶、黑条子茶、红芽口茶、柳叶茶、秃房茶……给人印象较深的还属"二嘎子茶"。"二嘎子"这个词在当地方言里有不男不女、不三不四之意，这形象地表述了二嘎子茶作为过渡型古茶树的特征。与临沧那些大雪山里的茶王树不同的是，白莺山的"二嘎子茶王"竟巍峨矗立在两户人家中间的空地上，是个染尽人间烟火气的"王"。

矗立在两户人家中间的白莺山茶王树。

鲜有人会为他们身边的茶树取名字,而白莺山居民这份与土地牵连的深刻情感,让白莺山的茶树就这样生长在当地人的温情中。对于茶组植物来说,其种内变异幅度大,种间杂交普遍,要想准确识别出品种是有一定难度的。但对于带领我们漫步白莺山的茶农施成功来说,看一眼就能准确地识别出这些"老朋友"。对于很多茶友来说,这种对于茶树的了解与熟悉,是习茶之路上的一大目标。可在白莺山,人与茶树活在彼此的世界里,如果在这里小住一段时间,一定会对茶树有完全不一样的见地。

在白莺山这些"接地气"的茶树名字背后,更藏着世界茶树基因库、茶树起源进化的活化石。白莺山上的200多万株茶树,演绎着野生型、过渡型和栽培型10余个品种古茶树纷繁的进化论,从乔木到小乔木,从特大叶、大叶到中叶、小叶,白莺山上几乎涵盖了所有类型的茶树。处于不同演化阶段的茶树越过了时间与空间的阻隔,在白莺山间多世同堂地"栖息"着。

植物学家普遍认为,某种物种变异最多的地方,就是该物种起源的中心地。白莺山不同演化阶段、不同品种的古茶树群落,在植物学家眼中无疑是茶树演化的自然博物馆,是茶树世界的"诺亚方舟"。2021年夏日,白莺山茶树演化自然博物馆在临沧市政府的牵头下正式成立。一直以来,白莺山其实都是面向世界的存在,很多国际人士都会慕名而来。翻开老村主任珍藏的日记本会发现,这个深藏澜沧江流域的山脉原来是一个宝藏。在十多年的记录里,有中国香港和台湾人,还有俄罗斯人、日本人,以及其他欧美人,他们中有商人、学者、普通游客等。人们所慕之名,不仅仅是白莺山逶迤绵延的万里山脉与"白莺栖阿维"的传说故事,更是这举世无双的茶树演化的"诺亚方舟",是深入茶树世界之旅的必经之地。

踏上白莺山古茶园核心区的栈道，仿佛洞开了"绿野仙踪"的大门。

绿野寻仙踪，白莺栖阿维

如今的白莺山茶树演化自然博物馆并不是那种传统的博物馆，它其实有着国家自然公园的质感。山巅近千余亩的核心茶区周边，是宽阔绵延的徒步栈道。栈道所及之处，满眼山川草木、阡陌屋田，不同种类的茶树甚至是茶王树就守护在家家户户的宅院边。多年以前，山天交际处随处可见翱翔九天的白莺，它们振翅欲飞时，羽翼在天际间回转，在来年万物生发中重返树梢，宛若生长出一棵雪白的神树，与古老的茶树深情对望。虽然如今白莺已没有曾经常见，但这座山始终把奇幻的过往留在"白莺"之名中，始终闪烁着澜沧江青矾般的碧绿光芒。

茶树自然博物馆白莺山古茶园的部分茶树品种：本山茶、藤子茶、贺庆茶、白芽子茶、黑条子茶、勐库茶。

  沿着溪流深处的一段栈道不断深入，漫山遍野都是叫不出名字的植物，又厚又密的森林，泛着木香的水车，潺潺溪流从山腹中流出，冲刷着清冷嶙峋的石床。阳光在这里很难穿过厚密的林叶，甘愿为白莺山将自己的热烈折射为温柔的七彩光束，与这里的万物为伴。树幅普遍不小的茶树也生长在这森林中，尤其是金秋时节，淡黄色的茶花盛开，伴着空山新雨后，俨然成了澜沧江畔灵动的绿野仙踪。择一日，于此布一道茶席，应该会是浮生中难能可贵的一段记忆吧。

在田间的栈道周边，总会看到用石头在茶树身边围起的"城墙"。施成功说，因为先民开辟耕地时不愿意将早在这里落地生根的茶树砍伐，于是在田埂间用石头将茶树因坡度被暴露的根保护起来。人们对自然的尊崇在这里化作了茶树生命恣意生长的空间，方寸间留驻着人与自然的生活哲学。"原本山川，极命草木"的巨大石刻就在博物馆陈列展示馆的门口，民宿架设在潺潺溪流间，夜晚来临即可枕着茶香入梦，梦回白日里在山中漫游绿野仙踪的时光。

吸引游人的地方，大多都未失去它的灵魂与记忆。白莺山，原来也称阿维中山。"阿"姓是古代当地古濮人最具代表性的姓氏之一，"阿维"很有可能是古濮人中一位杰出的头人，人名与山名等同，将传统的山崇拜与祖先崇拜合二为一，世代相传。古时白莺山的茶叶及山货就由大河街到茂兰哨街经神州古渡口岸过澜沧江运往巍山、大理交易。直到今天，白莺山周边地区如景东、南涧一带的茶商们仍喜欢把白莺山的茶亲切地称作"阿维茶"。

白莺山佛茶。

澜沧江上，百里长湖。

数百年前，白莺山还有一年一度热闹非凡的赶茶会。清光绪年间，土匪猖獗，常有村民和过往茶商遭殃，当地于1885年建成了大河魁星阁，并邀蔡昌瑞道长为大河魁星阁住持。此后，白莺山逐渐摆脱了曾经的窘境。人们热心地将自家茶叶赠送给蔡道长，蔡道长惊喜地发现各户人家的茶叶滋味各异，各有所长，举办赶茶会的想法便由此而生。自1886年第一届赶茶会开启，此后数百年间，几乎从未间断。或许，这数百年间你来我往的赶茶会，在各家茶籽沿途不小心掉落的瞬间，便埋下了来年茶树的新生。

白莺山下，游百里长湖

循着澜沧江上游的方向，自白莺山峰回路转的盘山公路而下，很快便能抵达澜沧江边的昔宜村。这个村落的上方就接着214国道的宏伟壮丽的澜沧江大桥。过去很长一段时间里，临沧一带交通落后，从北边州市到临沧几乎都要沿着214国道行进，再跨过澜沧江大桥后，才能进入云县境内。舟车劳顿,大桥上远眺澜沧江治愈着疲乏的心灵,而美味鲜嫩的江鱼则安抚着旅者的口腹。

昔宜村,是漫湾百里长湖景区的中心地。我们在码头认识了当地人江哥,江哥并没有告诉我们他的名字,只不过他在社交媒体上都用"江哥"这一称谓,希望大家记住他就是一个在澜沧江边出生、长大,并将度过一生的人。船与澜沧江,建构着江哥的人生。江哥以前撑的是竹筏,竹筏如何沿着澜沧江逆流而上,又如何感受水流、掌控好顺流而下的船速与方向,是他滔滔不绝的话题。这些年,竹筏慢慢消失在了江面上,取而代之的是电动快艇。曾经撑船,主要是为了运送澜沧江两岸的物资,如今几乎是运送来自五湖四海的游客。旧日的时光一去不复还,一如滔滔澜沧江水向南流去,但澜沧江新的光景和岁月在游百里长湖的过程中,给了人们沉思放空的空间与时间。

澜沧江绵延数千米,北至雪域高原,南抵东南亚诸国。澜沧江流域孕育着诸多的文明集体,每一个截面,都有着极致的景色、深邃的人文、震撼心神的磁场与能量。置身于百里长湖,恍惚间能感受到这里的每一寸景致都藏着故事,沿途时常能看到岸边零星分布的村落,斑驳的建筑,掩映在丛林深处的古道遗址,它们都在无人居住的岁月中彼此暗语。江哥似乎对这片村落很熟悉,是曾经划船摆渡的旧时光中不可磨灭的记忆:在渡口神树的庇荫下歇脚,和老乡聊天……随着上游水电站的建设,不少村落搬迁到了新地。百里长湖是走进澜沧江的一扇窗,以百里之行力求窥见万里江域的景致。从前,不仅车马很慢,船舶在江湖上同样有着悠悠的速度;如今的船艇,以更快的速度驰骋于江水中,百里之景,只在转瞬间,但澜沧江带来的思绪,永远绵延万里。

第五节 邦东茶旅路线四

邦东—鲁史古镇—古墨村

从昔归收费站自驾到凤庆县城，全程走高速，路程不到两个小时。可是从凤庆到鲁史古镇那一路的盘山路，虽然二级公路的路况还不错，但是七拐十八弯还是有点考验车技和耐心的。在经历了两个多小时盘山公路的千回百转后，静谧安详的鲁史古镇出现在眼前，但在漫漫旅途中仍有一丝不真实感。直到在古旧的青石板上迈出几步，进入当年商队马帮常年走过的古镇主道路，贯通整个古镇的层层阶梯上，衣着朴素、脸庞纯朴的当地居民开始出现在视线中，刚刚的一切不真实感在此刻化为旅行者心中的震撼。两侧载满沉甸甸岁月印迹的民居建筑群，像一只只眼睛，凝望着鲁史古镇的沧海桑田与往来的旅客。

夜幕下的鲁史古镇。

鲁史古镇：半为山村半为市，可作农家可作商

尽管鲁史古镇并不在邦东乡境内，而是在滇红之乡凤庆县。但是作为爱茶之人，很难抗拒这个有着数百年历史的茶马古镇的诱惑，哪怕从邦东出发驱车200多公里，也值得前往一探。鲁史古镇是迄今云南西部发现的规模较大、保存较完整的传统古村落之一。2012年鲁史古镇入选中国传统村落保护名录，2019年被评为"中国历史文化名镇"。

鲁史是一座有着几百年历史的茶马重镇。"其地则西溪北转，南山东环，有岗中突而垂其北，司踞其突出"。在徐霞客笔下，不难发现，

跨越数百年的沧桑岁月，鲁史古镇依然人间烟火味十足。

古镇鲁史地处顺宁（今凤庆）北上的交通要道。明万历二十五年（1597年）顺宁府改土归流，设阿鲁司巡检司，"鲁史"一名从彝语"阿鲁"转音而来。同年开辟街场，亦称阿鲁司街，约定生肖"虎、猴"日赶街。鲁史街场初为邻近村落村民集市贸易，后因马帮往来，街场规模逐渐扩大，鲁史随之发展为夹江地区（澜沧江、黑惠江中间）的集市贸易中心。之后由于往来商旅与日俱增，关津要塞的作用日益显现。顺宁府还把鲁史作为峡江地区办案行辕，在鲁史四方街建知府衙（今鲁史村委会所在地），当地史称四方街为"衙门前"。商人旅客南来北往，官员士兵常驻恒守，士农工商中的每一股力量都在古镇中涌动，经年累月，鲁史古镇积淀出了自己"半为山村半为市，可作农家可作商"的性格。今天，43万平方米的古镇上，近300栋古建筑以四方街为中心点圆状分布，形成"三街七巷一广场"的独特格局。

茶马古道其实是一个宽泛的概念，在传统的 6 条主干道外，还含有许多支线。除了马与茶的互通有无外，药材布匹、日用百货亦无时无刻不在流通着。茶马古道途经临沧时，凤庆段有北道从顺宁北上到下关，称之为"顺下线"，有西南道出至缅甸，亦有人称之为"滇缅茶马古道"。北道起初用竹筏在漭街渡将骡马和货物分别横渡澜沧江后，经鲁史、犀牛，再以竹筏在犀牛渡口过黑惠江，然后经蒙化（今大理巍山）抵下关，再转运于丽江的茶马市场，销往康藏。清乾隆二十六年（1761年）顺宁府在澜沧江修建青龙桥，道路有所变动，但依旧需经过鲁史镇；并且在滇缅公路通车前，茶马古道凤庆段抵下关后，还中转昆明深入内陆地区，是滇西南一带连接内陆与东南亚的交通动脉。

千亩良田环绕古镇，镇内商贾云集。茶叶山货南来，绸缎棉纱北往。鲁史古镇，是商队马帮横渡澜沧江后抵达的第一个古镇。渡江后，人乏马困，进入鲁史古镇，马蹄在青石板上放松地落下，碰撞出一声声清脆的声音。祥和的古镇是澜沧江边的港湾，亦是行走在茶马古道途中千万行者的心灵栖居所。随着文明的更迭，鲁史这个约有 500 年

鲁史是滇藏茶马古道上的重要驿站。

交通要塞"担当"的古镇也退隐到了历史的幕后,仿佛一位历经波澜壮阔的人生后归园田居的老者,如今古镇的每一块青石地板、每一栋古旧民居都成了见证。红布头缠绕的马铃、木纹深邃的马鞍、落满尘埃的马灯……鲁史的家家户户似乎都留着一些旧物,看着这些物件,才恍然意识到,原来旧物不是为游人而留,而是为故人而留。

鲁史古镇,在商业主义符号和诗与远方的期待中位于巧妙的平衡点。漫步古镇,大概需要半天时间才能将全镇走遍。傍晚,整个古镇格外安静,那些古旧的民居建筑,穿着朴素的当地居民,定格成一张张自带复古滤镜的照片。这里没有被过多的商业化,依然保持了古镇最初的样子。鲁史古镇的视觉魅力牵动着旅人们对过去的追念,房屋基座的石头,屋身的中黄色泥土,墙面的玉脂白漆色,在斑驳中逐层分离开,晕染出时间的悠然质感。花样繁多的绿植、檐下的红灯笼、藏于屋身的古旧木窗,不经意流淌的装饰,无穷无尽的细节,无所不至的复古,形成一种岁月的沧桑感,却又如此亲切动人。

白墙青瓦与水墨壁画间,宛若江南水乡的小镇,亦有大理白族建筑的气韵,民宅建筑的多元之美契合着鲁史数百年来交通要道的地位。庭院大门多讲究,其不开于正面,须拐一个弯,以藏风聚气,使财帛

古镇人的悠闲时光。

鲁史，完整保留了古镇的古朴风貌，又在旁边建设了新镇与现代化接轨。

不外露、外来晦气不冲撞，朝向的深意亦表露着商业重镇日常生活的仪式感。

不远处，鲁史的新镇在近些年建成，城市生活的重心也移向了新镇，而流连的追忆在老镇永锢。年轻人多住在新镇，安静宁和是老镇的"根音"，大多是年过半百的人住在这里。白天，自然的光散落在古镇的大街小巷与寻常人家，这里的人们似乎还严格遵循着"日出而作，日落而息"的生活方式，有的人家在自家院中做起了石磨豆腐，

人文底蕴深厚的鲁史古镇,还保留着云大书院和俊昌号的旧址。

有的人家一边照看着家中的孩童一边忙碌着琐事,有的人家则还留存着古镇商帮历史的余韵。

在俊昌号的门铺后,骆家大院依旧恢宏大气,美轮美奂,一砖一瓦,一阁一楼,每一个细节中都藏着骆家创业做茶的故事。老字号与茶马古道的往昔岁月交织而生,再次被拾起。骆英才,字俊儒,1885年生于鲁史街。鲁史古镇"半为山村半为市,可作农家可作商"的性格,天然就有引导当地人勤奋务农、敏锐经商的"气场"。骆英才从小就随着家人开茶馆,卖零杂货,替路过的马帮经营粮料,为马锅头们加工烟筒、烟丝,更给予他们无微不至的关怀。

冬去春来,骆英才与马帮们越来越熟悉。马帮商队南来北往,驮的不仅是种种物资,更是沿途万里的奇闻轶事、思想文化与生意商机。骆英才在观察中发现,通过大理沙溪转运的顺宁茶叶(凤山茶)总是供不应求,做茶这门生意值得考虑,同时主导权也要掌握在自己手里。1931年,骆英才用积攒的钱购置了荒山与茶籽,请人种植茶叶100余亩,在桤木林建了初制加工坊以及晒场,开始生产茶。在骆英才的用心经营下,不到5年时间,茶叶生意越做越大,形成了以茶叶为主,业务涵盖马店经营、百货零售、手工业的"俊昌号"。

骆英才于1952年去世,享年68岁。今天六大茶山公司的创始人、普洱茶界的知名人士阮殿蓉,便是他的外孙媳。阮殿蓉注册了"俊昌号",让这个老字号品牌重新焕发了生机。

群山环抱中的鲁史古镇,有一种宁静而致远的感觉。

古镇游历,思绪高飞,头脑容易"自我迷幻",而胃从不会撒谎。粑粑卷是凤庆的特有美食。米饭制成的粑粑香糯可口;用来卷粑粑的外皮叫锅巴,是用本地豌豆制成的,酥脆中带着炒干豌豆的火候香感;粑粑中还裹进豌豆面熬制的稀豆粉,蒜末、辣椒油、香菜、特制调味料等,入口一瞬间,丰富的层次感无比协调,是味蕾的盛宴,也是健康的小吃。吃过粑粑卷,还能饮一杯汤香水柔的茶,消食解腻,茶气升腾。此时,古镇上飘出一阵炒豆子的焦香味,古法酱油坊又开工了……

左图:古法酿造酱油工序之手工炒黄豆。
右上图:凤庆美食粑粑卷。
右下图:云南传统茶饮罐罐茶。

结庐在古墨,地偏心自远

领略了百年茶马古镇鲁史的斑驳岁月,既已至此,那么30公里外的古墨村也可以顺便一游,毕竟这群山深处的古老村落美则美矣,却也是山高路远,来此不易。

在商帮年复一年迁移流动、沿着古道互通有无的年代,凤庆县诗礼乡的古墨村,曾是滇西茶马古道顺下线(顺宁至大理下关)边缘上的一个古村。驱车沿途峰回路转,坡陡路窄,路上的每一颗弹石都积极触碰着车轮,发出深沉嘶哑的摩擦声。坐在车中,身体摇摇晃晃,耳边尽是"在路上"的声音,由内而外主打着关于"凌乱"的节奏。也似乎正是进入古墨村前的凌乱感,与走进村庄后静谧治愈的磁场产生了无比鲜明的对比。古墨这样的村落,永远与人心深处对宁静与释然的期盼有着深刻的关联。

"古木无人径,深山何处钟。泉声咽危石,日光冷青松"。唐朝诗人王维当年途经香积寺时的笔触,如今用来形容古墨村似乎也恰如其分。古旧的村落藏于密林中,不如诗中的青松,这些高大的树木多为核桃树。核桃不仅在很长的一段时间内是经济作物,在植物学家眼中,更是植物学某种极致美感的象征,核桃树挺拔高大的枝干,往四周自由自在散开的枝叶,却能与这青灰冷石间建起的"石头村"交相掩映。树木高耸,枝丫常常跨过村内缤纷的溪水支流,形成一个透着光线的叶群隧道,引人入胜。

古墨村在高山间依山而建,沿着山坡间高低有致的地势,清透明亮的溪流遍布全村。整个村寨回荡着潺潺的水声,音浪宛若构筑成了一张"保护网",阻挡着外面世界的喧嚣与尘埃。水与石,自然界中的两种至凉之物,在当地人的智慧与对生活的热爱中,被用来打造出

"石头村"古墨,所有的房子都是用石头砌成的。

了如今清净脱俗的古墨村。古墨村的每一个角落,似乎都有石的庇护与水的滋养。情人河是古墨村的溪流主道,这清澈而奔涌不息的河道,将整个村寨一分为二。据说常有青年男女互相站在流水的彼岸相会,从春暖花开到叠翠流金,情人河见证着古墨村的朝朝暮暮与柔情似水。

  磨坊、碾子坊、榨油坊、造纸坊、民居宅院、拱桥道路……古墨空间的质感尽数由石材打造。垒石为墙,齐整的墙面并非切割而成,所垒砌的每一块石头都是一份恰到好处的存在。它们未经细致雕磨,保留着石头生于山腹时最初的模样,在民间建筑的智慧中,简单敲打塑形后便依形而垒,置于最合适的位置,彼此支撑牵拉,从此成了庇护人们居所的墙壁。在村中漫步,时常能找到俯视眼前民居的视野,大片形状不一的石板错落地置于屋顶,在看似无序中取得有序带来的坚固感,形成了别致的石屋顶。古墨村四周良田环绕,盛产玉米和稻谷,石磨成了常见的生活生产工具,村民祖祖辈辈都靠水磨坊来磨面。据闻最早的古磨坊建于清嘉庆年间,距今已有200多年历史。

古墨村的每一个角落,似乎都有石的庇护与水的滋养。

第五章 邦东茶旅,寻味之路

云起澜沧江·茶出邦东

与茶友们相聚在古墨村的大核桃树下、石碾坊边,一边听着情人河的潺潺水声,一边惬意地品茶。

古墨是读书品茗、静心修养的好地方。凤庆县城中有远近闻名的文庙，古墨村所属的诗礼乡亦流露着书香门第般的气韵。据说，古墨村中养育了不少文人墨客，如清朝年间考取进士的有7人，村里现仍存有进士牌匾。村寨外来人口极少，安静祥和是这里的常态。续古之名，挥笔之墨，这里是读书修心的净地，文人墨客的"兰亭"，更是品茗论道的佳境。

在枝干遒劲的核桃树林下，布一方简朴的茶席，与三五好友共坐，周围屋舍俨然，每一次端起茶杯品茗的瞬间，都是归园田居、怡然自得的享受。有时太阳的光束会穿透高高在上的核桃树叶，映照在透亮清香的茶汤中，浮生如梦，当下只愿喝下这杯茶，与心斋，与坐忘。泡茶出汤的光景，举手投足间便称得上岁月的绕指柔，茶香氤氲，冥冥中与古墨的书香之气融为一体。

在古墨村四处漫步，不时能遇见村里人，他们有的围坐石屋旁享棋牌之乐，有的牵着牛马在溪水旁的石路上信步由心。我们身在他们的世界，却距离他们那远离都市、自得其乐、悠然自适的心灵世界还很遥远，甚至他们热情地同我们打一声招呼，都会生出莫名的感动。植被的青绿与黄棕、林间的繁茂与凋零、村寨周围良田的播种与丰收、烈日晴空与霜天白鹭……春夏秋冬走过古墨村，总能将独特的时光景致印刻在这里的点点滴滴，但无论何时，古墨村总会有理由让旅人相信：假若世间确有世外桃源，这片净土当名列其中。

第六节

邦东茶旅路线五

邦东—博尚—振太（紫马街）

在云南，茶旅之路通常与悠久的茶马古道有着深刻的重叠，临沧邦东的茶旅之路亦是如此。茶马古道不是一条单一的路线，在这片自古便不断延展的巨大交通网络上，存在着广袤多元的山川地界，存在着诸多不同文化体系的民族群体，存在着包罗万象的风物资源，千余年往来不息，人与道路相互成就。最终，一场浩瀚的叙事在人们的心中共同落定，将其视为一条经商之道、交流之道、探险之道、文明之道。在这片覆盖面极广的纵横大道上，存在着无数的古镇村寨，他们既有着共同的"古道底色"，又有着各自独特的性格。

博尚南茶马古道上的济南桥。（李晓萍｜摄影）

南出缅宁，必经泰恒

寻茶邦东，如果你途经临沧市区稍作停留的话，有一条小众而精彩的茶马古镇之旅，或许会超出你的预期。那便是临翔区的博尚镇和镇沅县的振太镇（紫马街）。前者从临沧市区出发往南沿机场高速驾车行驶 20 多公里可达，后者从市区往东沿天猴高速驾车行驶 80 多公里可达，如果从邦东乡直接去振太镇则只有 50 公里。

临沧的博尚镇，至今依旧存续着古道余韵。今天的博尚镇，是临沧机场的所在地（临沧几乎是云南最后通高速公路的地级市，却很早就开通了航班），而过去的博尚镇则是缅宁地区茶马古道上的重要集散中心。临沧旧称缅宁，而彼时的博尚则称为泰恒。哀牢山脉间的博尚，同时也是南汀河源头之地，当年要南出缅宁前往今双江、沧源等地或是到缅甸等国去，泰恒（博尚）是必经之地。国常泰运，民恒安康，泰恒这个名字，始终承载着它该有的样子。

博尚当地有句流传许久的民谣："泰恒镇了不起，卖了茶叶买白米；千万马帮常年过，天天赶街做生意。"明末清初，这里就已是远近闻名的古镇，它有古老的茶叶交易市场，是漫漫茶马古道上的重要集镇，临沧地区的毛茶多集中在博尚进行交易，由马帮经茶马古道运去下关、昆明甚至境外的缅甸等地进行加工。博尚不仅产茶，历史亦悠久，辖区内的腾龙拉祜村内还有 500 多年的古茶树。如今的博尚依旧盛产茶叶，全镇有 3 万亩生态茶园。

几经繁华、几经落寞，茶叶造就了马帮，马帮繁荣了博尚古镇。丰盛的茶资源，交通要道的地理优势，很快让当年的泰恒在茶马古道的名镇上占一席之地。《缅宁县志》中记载："就商情的热闹言，县城为第一，泰恒街为第二。其余可归纳为甲乙丙三等，甲等为遮奈、帮东、圈内、宁安、勐托等五街……"在云南诸多遗存的古镇中，博尚古镇会给人一种"近在咫尺却又远在天涯"的迷离梦幻之感。如果是第一次到博尚的人，很难将其与茶马古镇相联，只因 1958 年当地兴修水库，古镇和茶马市场早已被拆除或者淹没，只剩下一些零星的古迹隐匿于群山中，比如济南桥。

若不是临沧市的摄影爱好者李晓萍老师引路，我们是断然找不到乡道旁那座济南桥。这是一座修建于清光绪年间的石拱桥，由泰恒绅民筹资建造，是南汀河上游仅存的古驿道石拱桥，现为市级文物保护单位。第一次见到这座桥，是在李晓萍老师的摄影作品中，我当即便被惊艳到了，云蒸雾绕、光影迷离的清晨，赶马人赶着马帮从桥上走过，那马蹄声碎、驼铃叮咚仿佛在照片中响起……那时我便存了心愿想要去临沧看看这座桥。

机缘巧合之下，我们在摄影作者本人的带领下，找到了作品的主角——济南桥。它掩身在一片油菜花田中，看上去如此"袖珍"，全长只有 12.4 米，拱顶厚度仅 45 厘米，远远望去的确很薄，但是上百年来历经马蹄踩踏却依然屹立不倒，只留下了一些岁月的痕迹。桥下南汀河的涓涓细流为这片花海涵养着水源。没有了李晓萍摄影作品上的马帮，那天看到的济南桥似乎少了一点灵魂。

济南桥边的花田只是点缀，当我们继续驶向碗窑村时，沿途连片的油菜花田竞相绽放，绿黄掩映的花海才是震撼，就像是上帝泼洒在大地上的颜料。被油菜花包围的村庄，炊烟袅袅，溢出与世无争的缥缈感。走在花田里，暖风拂来，花香沁脾，金灿灿的油菜花与蓝天、青山、乡村农舍勾勒出一幅天人合一的图景，相机随手一拍都美得如莫奈的油画一般。

油菜花海掩映中的济南桥。

油菜花海围绕着博尚水库铺陈，博尚水库还有一个洋气的名字——曼莱湖。这是临沧最大的水库，每年的端午还会举行隆重的龙舟比赛，各个村寨都会有人来参加，场面十分的热闹。茶马古道在龙舟疾速划过水纹中的刹那，似乎比任何时候都清晰明朗。虽然昔日的茶马市场被拆除，但今天的博尚依旧留有过街楼、碗窑村、观音殿、勐准佛寺、泰恒战役烈士陵园、泰恒中学古建筑物等古迹。

赏完金灿灿的油菜花，我们沿路打听寻找曼莱湖边的碗陶村，一个与制陶业兴衰与共的神秘村落。村民世世代代相传的技艺，就是制

博尚的田园风光,沉醉在油菜花海中。

陶。而烧陶的龙窑,则因全村多户人家的窑炉首尾相连,沿山脊而下,远处看去,犹如龙背蜿蜒,长达数十米、上百米而得名。

云南有很多名为碗窑村的地方,命名原则大抵相当,比如著名的建水紫陶,便是起源于建水碗窑村。博尚碗窑村的历史可追溯至2个世纪前。清乾隆三年(1738年),湖南省长沙府贵东县人杨义远、罗万升、邓鸿国三人带着制陶手艺来到今博尚镇勐托坝子,发现该村有大量的陶土资源,便在此修筑3条龙窑,烧制以碗为主的陶器,并安家落户。碗窑村从此有了雏形,制陶手艺人掌间的温度逐渐塑造出了这个古老的陶村。

临沧人以前家家户户使用的各类陶制器具几乎都来自碗窑村。临沧气候炎热,腌酸笋、水腌菜、腌酸肉等腌腊制品是当地人的挚爱,而腌制这些食品时必须使用透气的大型陶罐,盐、辣椒、酱料、醋等食材与调料几乎都用小陶罐存放,吃饭盛菜也多用陶制器具。碗窑村的制陶传统如今历久弥新,村子引入了陶瓷庄园等文旅项目,游客不仅能在这里遇到有眼缘的陶具,还可以选择沉浸在化身为制陶手艺人短暂知足的时光中。

博尚碗窑村的龙窑。(李晓萍 | 摄影)

侨乡振太，商贸福地

如果驾车从临沧返回昆明，走高速公路的话，必经振太镇，远远就能看到路边一片屋舍俨然的村庄。从振太出口转下，不到10分钟，就仿佛坐上了时光隧道，从现代化的高速公路穿越到了古老的茶马古道上的古镇——侨乡振太。也是高速公路让这个隐匿于深山的宝藏古镇，掀开了它神秘的面纱，使其如此便利地展示在世人面前。

茶马古镇，侨乡振太。

振太向西为临沧的邦东，向南则达景谷、普洱、西双版纳，西、南两方向均可去到缅甸、泰国，往东则连接楚雄、玉溪、昆明，往北是景东、大理、丽江和西藏。这样的地理位置，让振太镇在冥冥中成了交通要塞，尤其在曾经以茶马古道为主要交通连接方式的社会生活中，四面八方的客商往来逐渐抬起了振太重要的商贸地位，你来我往中交织出了这里浓厚的商业氛围。也正是在那个骡马运输的时代，镇沅的茶叶在此集散后再随着振太的商队走夷方，驮往缅甸、泰国及我国云南的昆明、下关、丽江等多地销售。

走进如今的振太，会明显地感受到这个小镇发展得很不错，街道整齐干净，建筑崭新，鳞次栉比的客栈、商店依旧生发着古镇应有的生命力。看似普通的振太，在城镇南隅坐落着侨乡大酒店，这个少见的酒店名并非空穴来风，背后牵连着振太侨乡无尽的过往。"振太"之名，其实来自曾经"振兴""太和"2个乡镇的合并，当年的振兴与太和，是走出商帮人士的风水宝地。为了经商，人们远离家乡，侨居缅甸、老挝、泰国等东南亚诸国，奔走、远行、拼搏与乡愁，在马帮年年岁岁的往复中，牵引着侨乡之名的应运而生。

在振太周边平均三四公里的距离内，星图般散布着传统悠久的村落聚落遗址。而振太镇政府所在地太和村是最具代表的传统古村落。太和村的田园风光能够满足中国人以布衣蔬食为乐的乡间生活的全部期待。这里鸡犬相闻，炊烟袅袅，阡陌交错，田间果蔬葱郁，当地老乡会突然从田间地头一晃而出，欢喜常安卧于他们脸庞的细纹。但随着每一次驻足与凝思，会发现，这里更有侨乡自己专属的风格以及独特的历史烙印。和《浮生六记》中所言的"布衣菜饭以为乐，不必作

黄色的土墙，蔚蓝的天空，紫马街的美是纯净的。

墨临高速的通车让太和村这个藏于大山中的古村落完整展现在世人面前。

远游计也"不同,这里的人们既珍惜眼前的田园乐土,也关照远行与拼搏的生活姿态。古村落便是经由振太商帮通过茶马古道经商发展而逐年成形的。

太和村的灵魂所在,是一个名为紫马街的地方。准确来说,紫马街并不是一条街,而是太和村东紫马、西紫马、中紫马和下紫马4个村小组的总称。明明是一片村落,为何以"街"命名?据1986年镇沅县人民政府编辑出版的《云南省镇沅县地名志》及多方考证,今天的紫马街村寨在明天启四年(1624年)前没有人家。后来,一支明朝的军队选择这片河边沙滩、水草杂林之地作为练兵场,一位首领骑着一匹紫色战马指挥士兵在这片土地上建营扎帐、日夜操练。所建营

云起澜沧江，茶出邦东

保存完好的李其光宅，宅内很多物件都沉淀着岁月的沧桑。

帐纵横交错，路路相通，晚上各营帐明火通亮如同繁华的街市。军队撤走后，住在河对面的彝家人把这块地叫作"紫马练兵场"。此后，李氏家族便在这里立基建寨。400多年后的今天，旅人进入紫马街后依旧经常容易迷失方向，只能在村子中打转。通过无人机的视角更会发现，紫马街民居像"蜜蜂片"，一家挨着一家，密集规整，道路弯曲却又路路相通。

在紫马街中漫步，总会与时断时立的围墙相遇。这些以石为基、以竹片加固墙筋的厚重围墙上，每隔一段距离还有枪眼。中华人民共和国成立前，当地土匪猖獗，社会治安混乱，紫马街李氏家族便在村寨周围修建了这些围墙，位于主道路口的人家还建起了炮楼。如今岁月常驻和平盛世，这些历经沧桑的建筑也经由漫长的时光陈化出柔和而深沉的质感。

这片布满乡愁气息的土地上保留着众多的古迹遗址，很多民居遗址都是李氏宗族的故居，这些民居遗迹的墙脚石、大门石、马头墙木栏花窗、铁栏花窗等都展现出很高的艺术水准。村内屋舍排布三纵六横、石巷道互通，是那种能感受到规矩与方圆兼具的建筑风格，风雨桥、古宅、古磨坊、古井、马头墙、门窗木雕刻、老宅上的诗词画作几乎都得以留存，每一个细节里，都留存着历史的余温。

李其光宅于清光绪二年（1876年）由剑川木匠所建，是紫马街传统村落保留较为完整的老宅之一。李其光是紫马街曾经的首富，地区剿匪大队长、马锅头李育英的孙辈。当年李育英拥有30匹马10余人的赶马经商团队，他们通过茶马古道北上景东、大理、迪庆、西藏，以及印度地区，南下景谷、普洱、临沧和缅甸地区，直至东南亚各国进行经商活动。在李其光老宅中，一切历经百余年的旧物都得到了珍藏，在沉静的老宅中诉说往昔，如遍布房屋的书橱，房梁悬下的摇篮就在火塘旁,以马铃铛作为摇篮中的玩具……经商的浓郁气息,在孩童的玩具里便已写满。经商,只看书是看不来的,周旋的智慧、果敢的意志、敏锐的思维、仁义的底气,都在这茶马古道的重镇和大家族中静静凝聚。茶马古道重镇大院里的后代,就在这样的环境中成长、传承。

还有一处名为李英故居的老宅值得驻足。李英毕业于云南陆军讲武堂,抗战时任滇军60军炮兵营长,参加过台儿庄战役和武汉、长沙等地的保卫大战。抗日战争胜利后,他即刻选择解甲归田,回乡从事农耕与经商。日升月落间,紫马街有迎接英雄的黄昏,也有回望过往的黎明,英雄的后代,至今依旧在老宅中静度岁月。

故土难忘,愿把宅院留。紫马街一座老宅堂屋的墙面,"须知同气仿推让,自有芳名振古今"两行墨迹每天都会与朝阳洒下的光芒相遇。时光似乎特意在此刻停止,告诉人们,这是距离过去最近的时候。祥和温暖的侨乡振太,似乎始终等候游子归来,那些经商做生意的规

古宅里斑驳的墙面上,残存着耐人寻味的历史印记。

李英故居。

训与家训一同化为宅房楼筑的古老厚重,深藏于这片故土。一场在紫马街的深度旅行,自己身上那些在疲惫日常中凝滞的力量一定会被这里贮藏的能量激发。

其实,关于紫马街的得名故事有许多版本,且都带有一些民间传奇的色彩。譬如相传在很早以前,村中出现了一匹紫色的马,驮物有力,深晓人性。而在中国传统文化中,紫色向来象征着尊贵,这匹祥瑞之兽从此化作了村落之名。但无论故事如何,紫马街始终都是太和村的灵魂所在,也在很长时间以来都身居振太的经济、文化中心。尤其在过去人挑马驮的时代,几乎所有商品货物的贸易均靠马帮运输完成,紫马街更是当地颇负盛名的骡马交易市场。

如今,被无数马蹄踩磨得如镜的石板路,在往复的日升月落中照出曾经岁月的倩影。当年紫马街的集市上,想必有无数驯养骡马的乡

漫步在振太紫马街的石板路上,遥想马铃声声的古道往事。

亲时常牵着自己的骡马到这里来,一待便是一天,热情地为来自马帮队伍的弟兄们细细"推销"自家的骡马,也聆听着古道上惊险奇妙的故事。在中华人民共和国成立初期,紫马街亦曾作为县政府临时驻地。2014年,紫马街被列入第三批国家级传统村落名录。

与太和村相似,在镇以北2公里处还有一个文索村,村落周围山清水秀,时至今日依旧古朴静谧。这里的人们普遍爱笑、热情,清澈的眼神中透露出坚毅,他们多在忙碌农活杂务,但若遇见了游人旅者,纯粹灿烂的笑容似乎承载着这个古村的风土能量与性格。

"茶马古道六君子"之一的李旭,曾在2020年拜访文索村年逾八十的马锅头杨春林老先生后,写下这样一段话:"这些老马锅头都显示出一些共性:有胆量、有能力,眼界开阔,见多识广,还很有胸襟和智慧，马帮生涯对他们的人生影响至深……正是这勇气、力量和精神使得人类生活有了价值和意义，那完全是一部属于过去时代的传奇和史诗。"

其实，无论是远走他乡、侨居打拼，还是勇敢奔走在经商营生的路途，侨乡振太走出去了许多有胆量、有能力、有眼界的华侨。在茶马古道宏大的叙事空间中，振太是一个鲜活的古镇古村聚落遗址。这里并没有因为时间洪流的冲刷而褪色，生活在这里的家眷亲朋，依旧过着勤勉常乐的生活，这些似乎也是茶马古道精神和侨乡精神的某种延续，那个时代的传奇与史诗从未在这片土地消弭。时常到振太来，在古村聚落遗址中漫步，是静虑己心的好时光，亦是对短暂生命的一种深切关照。

振太是一个鲜活的古村聚落遗址。